JOSÉ SIMÃO em:

A
ESCULHAMBAÇÃO
GERAL
da
REPÚBLICA

JOSÉ SIMÃO em:

A ESCULHAMBAÇÃO GERAL *da* REPÚBLICA

AGIR

© 2011 by José Simão
© desta edição 2011 by Nova Fronteira

Direitos de edição da obra em língua portuguesa no Brasil adquiridos pela Agir, um selo da EDITORA NOVA FRONTEIRA PARTICIPAÇÕES S.A. Todos os direitos reservados. Nenhuma parte desta obra pode ser apropriada e estocada em sistema de banco de dados ou processo similar, em qualquer forma ou meio, seja eletrônico, de fotocópia, gravação etc., sem a permissão do detentor do copirraite.

EDITORA NOVA FRONTEIRA PARTICIPAÇÕES S.A.
Rua Nova Jerusalém, 345 — Bonsucesso — 21042-235
Rio de Janeiro – RJ – Brasil
Tel.: (21) 3882-8200 – Fax: (21)3882-8212/8313

Texto revisto pelo Novo Acordo ortográfico

CIP-BRASIL. CATALOGAÇÃO NA FONTE
SINDICATO NACIONAL DOS EDITORES DE LIVROS, RJ

S596j Simão, José, 1943-
     José Simão em : a esculhambação geral da República / José Simão ; [ilustrador Leandro B. Liporage]. - Rio de Janeiro : Agir, 2011.
     128p. : il. ; 21 cm

     ISBN 978-85-220-1295-4

     1. Anedotas. 2. Humorismo brasileiro. I. Título.

CDD: 869.97
CDU: 821.134.3(81)-7

SUMÁRIO

Apresentação 9
Coisas do Brasil 11
    Impostos 13
    Carnaval 15
    Caos aéreo 17
    Enchentes 21
    Gripe suína 23
    Parada gay 26
    Fashion week 29
Política 33
    Galera medonha 35
    Dilma 38
    Serra 41
    Tiririca 43
    Sarney 45
    Marta 48
    Collor 50
    Lula 52
"Cerebridades" 57
    Luciana Gimenez 59
    Galvão Bueno 61
    Barrichello 64
    Vanusa 66
    Geisy da UNIBAN 67
    Silvio Santos 69
    Madonna 71

- Novelas 73
- Zé Mayer 77
- Reality Shows 79
- Twitter 83

Futebol 85
- Ronaldo 87
- Adriano Imperador 89
- Copa da África 91
- Dunga 94
- Kaká 97
- Maradona 99
- Copa 2014 101
- Neymar 103

Internacional 105
- Papa 107
- Bispo Lugo 109
- Mineiros do Chile 112
- Hugo Chávez 114
- Obama 116
- George W. Bush 118
- Os Clinton 121
- Ahmadinejad 123
- Michael Jackson 125

Agradeço ao Brasil!

APRESENTAÇÃO

Duas coisas que nunca deram certo: humor a favor e biografia autorizada!
Eu sou o oposto do Gato Garfield: eu amo todo mundo!
Eu amo e esculhambo! A caricatura do Brasil. Social, jamais moral! Detesto humor baixo-astral e rancoroso. Eu amo o humor. E detesto o rancor! Uma vez a Gabi me disse: "Você é o único colunista que, quando esculhamba alguém, em vez de levar um tapa, ganha beijo." Oswald de Andrade já dizia: "Só pode esculhambar os outros quem esculhamba a si mesmo." Quando era menino, na escola, fiquei de castigo por ser engraçado!

Humor é PODEROSO! Uma vez um general de fronteira declarou na BandNews FM: "Eu não tenho medo de traficante, eu tenho medo do Zé Simão!"

Humor é MILAGREIRO! O humor opera milagres! O humor cura cobreiro, nó nas tripas, *grastite, enflamação na prósta, esmagrece*, cancela cartão e descobre corno!

Humor é ORGASMO! Por isso é poderoso e popular. É FÍSICO! Gozar e gargalhar estão na mesma escala Richter. Terremoto de prazer! Por isso que antigamente era feio rir alto. Quase obsceno. Mulher direita não podia dar risada!

Humor é INSTANTÂNEO! É pá-pum. Não precisa pensar, nem raciocinar: é pá-pum. Leu, entendeu, riu, e riu porque entendeu, num milésimo de segundo. Uma tirada vale mais que uma tese acadêmica! Uma vez um humorista pegou a foto da Roseana Sarney e pintou um bigode. Pronto!

Humor é ANARQUIA! Quando entro no ar na BandNews FM, o Brasil vira dez minutos de anarquia: a mulher bate o carro de tanto rir; a outra deixa queimar o arroz e depois me passa e-mail cobrando; um outro não quer entrar no túnel, senão o sinal cai, e então fica parado na boca do túnel até o programa acabar. E o homem que ri sozinho no metrô lendo a *Folha de S.Paulo*? Isso se chama OXIGÊNIO. Dar risadas não paga as contas, mas oxigena o cérebro!

Viva o humor! Abaixo o rancor!

COISAS DO BRASIL

Gandaia nacional!
O Brasil é único.
O Brasil é lúdico.
Até quando estou no Brasil sinto saudades do Brasil.
O Brasil é a única coisa que me faz chorar de emoção!
Brasileiro gosta de esculhambação: tanto faz enchente ou Carnaval.
O que importa é a gandaia.

IMPOSTOS

Todo mês de janeiro a gente tem a prova de que Cristo era brasileiro: vivia fazendo milagre, andava sem dinheiro e se ferrou na mão do governo.

Ah, é começo de ano? ME MATE UM BODE! Chegou o ano fiscal: IPVA, IPTU, IR, IH... ME FERREI! Rarará. É o IMF: Ih Me Ferrei! Brasil, um inferno. Um inferno fiscal!

É o espetáculo fiscotécnico, depois do espetáculo pirotécnico do réveillon. Pensa que os fogos são de graça? Já vem tudo embutido no imposto. Sabe aquela translumbrante estrelona roxa que você achou linda? Era o seu IPVA! Era o seu IPVA explodindo! Rarará!

E janeiro é o mês da árvore símbolo do Brasil, o ipê: IPÊVA, IPÊTU, IPÊI e IPÊRTENSÃO! De tanta conta pra pagar, já tô ficando ipertenso!

> Eu tenho uma amiga tão galinha, mas tão galinha, que recebeu o apelido de Imigrantes: ninguém vai pra praia sem passar por ela.

Esse país é muito louco. Olha o que eu li no jornal: "Estado de São Paulo tá mandando IPVA até pra quem não tem carro." Vai ver tão cobrando IPVA de skate, carrinho de bebê, carrinho de rolimã, patins e andador! E um cara recebeu o IPVA de um carro que foi sinistrado em 1990. Isso que é SINISTRO!

E o governo vai cobrar IPVA de pneu também? Se for assim, fico devendo pro resto da vida. Todo Natal eu engordo uns dez

Coisas do Brasil

quilos! Como disse um amigo meu: "Engordei tanto que meus pneus só queimam em incineradora industrial." Rarará!

O IPVA agora tá sendo chamado de HIPER-VA! Não é nem mais super, é hiper! Dizem que o IPVA está impagável, e o carro, IMPLACÁVEL! IPVA é Imposto Para Vários Amigos. Agora tem que fazer vaquinha pra pagar o IPVA. Pagar imposto da carona. É como diz o outro: meu carro desvaloriza ano a ano, e o imposto sobe ano a ano. Então, vende o carro pra pagar o IPVA!

Já o IOF tá sendo chamado de imposto dos burros. IOOOOOF! IOOOOOF! Parece que tá relinchando! Paga relinchando!

> Dizem que o professor de matemática perguntou pro Lula: "Quanto é 51 dividido por dois?" "Meio litro pra cada um."

E eu acho que o governo vai tributar até o Carnaval. É o ITE: Imposto sobre Trio Elétrico! Rarará! É tanto tributo pra pagar que um amigo meu fica triputo! Triputo da vida! E sabe por que tributo se chama tributo? Porque vem de três em três. De manhã chegam três, à tarde chegam mais três e, à noite, 33! É mole?

O governo precisa lançar um novo PAC: Programa de Ajuda ao Contribuinte!

Senão vou entrar em rebelião. Que nem na cadeia. Vou botar fogo no colchão. Não vou pagar porra nenhuma. IPN: Imposto de Porra Nenhuma! Como disse o outro: acabaram com o imposto do cheque e incluíram no contracheque!

Aliás, não vamos nem falar nisso... Pra não dar ideia pra Dilma. Dizem que ela já foi vista numa sessão espírita, com as mãozinhas em cima da mesa branca: "CPMF, VOCÊ TÁ AÍ?" Rarará!

O que eu vou fazer é rezar para o ano acabar logo... Não vejo a hora de chegar o Carnaval! Ueba!

CARNAVAL

Eu adoro o Carnaval, claro. É a Grande Festa da Esculhambação Nacional!

Carnaval no Brasil é só ESCULHAMBARIA: mistura de esculhambação com putaria. No Brasil tudo tem duplo sentido. Graças a Deus!

No Carnaval É PROIBIDO PENSAR! A não ser que você vá passar o Carnaval jogando xadrez. Rarará!

A folia no Brasil é assim: na Bahia tem bunda e no Sambódromo tem peito! Bunda na Bahia é de tanto mingau de tapioca. E peito no Sambódromo é de tanto silicone. Se aquilo estoura, luta de gel na avenida!

E os dois pensamentos básicos de todos os carnavais: transar com uma mulher só é trair todas as outras. E se a Gretchen soltar um pum num saco de confete, é Carnaval o ano inteiro. Ueba!

Em São Paulo o Carnaval cai na terça-feira. No Nordeste o Carnaval cai no verão! Cinco dias é pra amador! Por falar em amador, dizem que o trio mais animado de Curitiba é o caminhão da Liquigás tocando "Pour Elise"! Rarará! E o pior Carnaval do mundo? EM CURITIBA E COM A NAMORADA MENSTRUADA!

Mas tudo bem. Como diz aquele bloco do Rio, Tá Tudo Certo Pra Dar Merda! E eu adoro os blocos de Olinda: Cumero Mãe, Tem Culpa Eu, Só Vai Quem Chupa e o Boi de Mãinha! Sutileza absoluta! No Recife já saiu o bloco Metido a Corno! Olha, eu já vi metido a rico, metido a besta, mas metido a corno só no Recife.

Sair do armário: a filha menstruou e gritou: "Mamãe, virei mulher!" E o irmão aproveitou e gritou: "Eu também! Eu também!"

Diretamente de Caiponia, Goiás, sai o bloco BAIXARIAS TERRÍVEIS! Ueba! De São Luiz: Chupa, Mas Não Morde. E adorei este de Benfica, no Ceará: Unidos das Cachorras! No Rio tem um bloco que acaba de ser lançado: É Pequeno Mas Vai Crescer. O Brasil aguarda. Rarará! E este, direto de BH: As Virgens do Formigueiro Quente!

E o Carnaval é mesmo um formigueiro quente! Principalmente na Bahia. Dizem que a Ivete pula tanto que vai acabar botando um ovo elétrico. Rarará! E de tanto ver baiano pular, cantar, dançar e requebrar, chego a uma conclusão: baiano não tem osso! Rarará!

A gente liga a televisão e é uma chuva de bundas. Nada contra. Ao contrário. Mas só bunda? O que o brasileiro tem contra o resto do corpo? Rarará! E quem tem bunda pequena que vá passar o Carnaval na Dinamarca! É mole? É mole, mas sobe!

E eu adoro aquelas peladas na avenida: "Quero agradecer ao estilista tal por ter criado minha fantasia." Aí você vai ver e é um fio dental de *strass*. Estilista de perereca! Aliás, as peladas fazem tanta plástica que ficam parecendo um OSNI! Objeto Sexual Não Identificado!

A tristeza é quando acaba a gandaia. Meu dinheiro vira cinzas. Acaba o "rebolation" e é todo mundo rebolando pra pagar o Carnaval. Passam cinco dias de "rebolation" na avenida e um ano de "rebolation" pra pagar o cartão.

> **Um amigo meu saiu de férias pelo interior de São Paulo e fez cem novos amigos. Noventa e nove eram cobradores de pedágio.**

Agora que o Carnaval acabou, não vou fazer mais nada nesse restinho do ano! Vai-vai indo que eu não vou! Rarará!

CAOS AÉREO

Zona Aérea! Guerrilha nas Estrelas! Eu não tenho medo de avião. Tenho medo de aeroporto. Brasileiro não tem mais medo de avião. Tem medo de aeroporto!
    Viajar no Brasil é barra. Barra de cereal!
    "Você tem síndrome do pânico quando entra em avião?" "Não, só quando entro na fila do *check-in*." Rarará! Pra fazer o *check-in* tem que fazer um CHECKUP! Pra encarar a fila!
    E se der *overbooking* vai todo mundo na capota do avião, que nem trio elétrico!
    ANAC e INFRAZERO dizem que a pista de Congonhas é segura. Quem diz isso são os passageiros na hora de aterrissar: SE-GUUUUUUURA! Rarará!
    E as manchetes daqui a dez anos: "Bomba explode em Bagdá" e "Caos aéreo completa 50 anos"!

> **Sabe por que os homens gostam de ler a *Playboy* e a *National Geographic Magazine*? Porque gostam de ver lugares que jamais percorrerão.**

    E com essa zona aérea as companhias mudaram de nome. TAM: Tente um Aeroporto Melhor! Temos Assento a Menos! Ou Transportes Aéreos Milagrosos! GOL: Grande Ônibus Lotado!
    E os aeroportos? Ops, aeropartos. Embarcar é um parto! Congonhas vira Cagonhas, e Cumbica vira Cumplica! E sala VIP: Vai Isperá Pacas! Rarará!
    E quando os funcionários resolvem fazer Operação Padrão, deviam fazer Operação Perdão.

E depois que seu voo foi cancelado e o próximo, atrasado, você entra na sala de embarque, e a supervisora pergunta: "Qual o seu destino, senhor?" "MEU DESTINO É SOFRER!" Rarará!

Ninguém mais é dono do seu destino. Você quer descer em São Paulo às oito da noite e acaba descendo em Campinas às duas da manhã!

Olha a faixa que eu vi numa casa: "OUVEM-SE PROBLEMAS! Por apenas R$1,99 a hora". Psicanálise popular! Aluguel de orelha! Você vai lá e passa uma hora reclamando: "Meu cartão estourou; fecharam o Bahamas; fui pra Dior, em Paris, comprar uma camisa branca, mas não tinha o meu número." Psicanálise popular. É um Bolsa-orelha. O Lula podia lançar o Bolsa-oreia!

E tem uma aeromoça chamada Adriana Conforto! Rarará! Você viaja tão apertado que passa três horas mordendo os joelhos. Só falta a gente viajar em pé. Mas a gente já viaja na vertical. Por isso que eles só servem barrinha e sanduíche. Pra gente poder comer na vertical. Abriu os cotovelos, acertou o olho do vizinho!

Eu vou abrir a Coqueiro Airlines. Coqueiro Linhas Aéreas: viaje como sardinha em lata! Rarará!

Com tantos atrasos, a melhor invenção de Santos Dumont não foi o avião. Foi o relógio!

E o bilhete da mulher pro marido: "Fui pro aeroporto! Não sei quando volto." E a melhor desculpa pra chegar atrasado em reunião: "Desculpe, eu vim de avião."

INFRAERO é INFRAZERO! E ANAC quer dizer Aviões Não Abandonam o Chão! Rarará! ANAC: Aeronaves Não Aterrissam em Congonhas!

Lado positivo: estão acomodando os passageiros até em motéis. Então eu quero perder o meu voo com a Cleo Pires. Lado positivo: uma mulher ficou tanto tempo no aeroporto que acabou conhecendo um cara e começou um namoro ardente com beijo na boca e tudo!

Piada pronta: "Ficou retido no aeroporto de Brasília o grupo musical Canarinhos de Petrópolis." Nem canarinho tá voando mais! Rarará!

> **Piada pronta direto de Manaus:** "Ladrões atacam bilheteria durante exibição de *Tropa de elite 2*."

E o único que não gosta quando o avião não cai é terrorista!

Atraso só é bom pro Ricardão: enquanto o marido fica preso no aeroporto, o Ricardão voa na mulher dele!

E quando disseram pro Lula: "Presidente, a saída para a zona aérea é Viracopos." "Então vira mais uma aí." Rarará!

Kit Cumbica: saco de dormir, Lexotan, camisinha pra dar uma rapidinha e Sundown pra tomar um solzinho na pista.

Avião demora tanto pra sair que já tem malabarista de farol indo pro aeroporto. Rarará!

E os controladores de voo? Ops, descontroladores de voo. No auge da crise de 2007 prenderam um descontrolador de voo. Já não tem muito e ainda prendem? Ele vai controlar voo da cadeia? Pelo celular?

E dizem que tem controlador gago. Já imaginou? CU-CU-CUidado. VA-VAvai bater. PÁ! Bateu! No primeiro morro! E surdo? "Torre! Torre! TOOORRE!" "HEIN?" Rarará! Contrata logo um cego, o Stevie Wonder. Ou então o Bin Laden. Esse sabe controlar um voo. E ainda é especialista em torre!

Os controladores de voo deviam fazer estágio no filme *Star Wars*. Lá tem 25 milhões de naves, e ninguém nunca bateu! RELAXA E GOZA!

No auge do caos aéreo, a Ministra do Turismo Marta Suplicy deu um bombástico conselho pro povo que enfrenta filas e atrasos: Relaxa e Goza! Então só por desaforo eu vou gozar na cortina do aeroporto. No tapete vermelho da TAM. Apertem os cintos! Eu quero gozar!

Tem um escritor de autoajuda que se chama Anselmo Fracasso. "Vença na vida com Anselmo Fracasso."

Aeroporto vira motel. E Congonhas vira Gozonhas. Aeroporto de Gozonhas! E uma amiga minha quer gozar com o comissário de bordo: "Por favor, um boquete quente, sem açúcar."

Qual o próximo orgasmo aéreo? Voo com escalas provoca orgasmos múltiplos. Apertem os cintos! O vibrador sumiu! Voe TAM e tenha orgasmos múltiplos. Voou GOL? Foi bom pra você?

E a única companhia que aderiu aos conselhos da ministra ao pé da letra foi a VARIG: VIAÇÃO AÉREA RELAXA I GOZA! Rarará!

ENCHENTES

DILÚVIO URGENTE! Chama o Noé! O que acontece com o Sudeste? Tá chovendo ou tão cuspindo na gente? Tão cuspindo! Não aguento mais chuva. Tô ficando com cara de ácaro!

Rio embaixo d'água! São Paulo alagada! Enchente ponte aérea! Queremos barco com isenção de IPI!

Carro já era! Sair de carro sempre acaba com a capota boiando no Jornal Nacional e no Datena! Aliás, é só as nuvens começarem a aparecer que eu já ligo a TV no Datena, o Galvão Bueno das enchentes! Rarará!

> **Predestinada! Psicóloga gaúcha chamada Renata Kulpa: "Ah doutora, comi uma picanha ontem e tô sentindo uma kulpa!"**

E o Eduardo Paes pediu pros cariocas não saírem de casa. Os "não pode" das enchentes: 1) Não pode sair de casa. 2) Não pode sair de carro, senão a capota aparece boiando no JN e no Datena. 3) Não pode jogar lixo. Aliás, não pode jogar lixo e nem votar em lixo! 4) E não pode chapinha. Na temporada de chuvas, as chapinhas ficam suspensas. Imagine a Fátima Bernardes numa enchente. Rarará!

Quando chove é sempre assim: Santos Dumont opera por instrumentos. Congonhas opera por instrumentos. Pandeiro, cuíca, reco-reco e tamborim.

E em virtude das chuvas, a próxima crise do transporte brasileiro vai ser a dos barcos. Não vai ter barco pra salvar tanta gente. É o *overbooking* das enchentes!

DIRETO DA TERRA DA GAROA! Em São Paulo, é só chover para o povo ficar humilhado: úmido e ilhado!

A onda dos paulistas engarrafados na enchente é jogar batalha naval. Cada jogador tem uma cartela com um Kassab, duas Martas, três Serras e quatro Malufs. Errou, gritou ÁGUA! Kassab. Água! Marta. Água. Serra. Água. Maluf. Água. ÁGUA ÁGUA ÁGUA!

E sabe qual é o novo programa de paulista? Convidar os amigos pra ver a chuva em casa! "Vem assistir à chuva. A gente pede uma pizza!" Aliás, paulista só pode fazer compra pela internet: SUBMARINO.COM!

> Esta é a mais chula de todas: Amor é como capim, você planta, ele cresce, e aí vem uma vaca e acaba com tudo!

E Bilhete Único vira Bilhete Úmido. E motoboy vira botoboy, moto com motor de popa. E Rodoanel é todo mundo de rodo na mão. E IPVA agora quer dizer Imposto sobre Propriedade de Veículo ANFÍBIO! Rarará!

Um amigo me disse que o Kassab tá mais perdido que capivara no Tietê. Jacques Cousteau para prefeito! Rarará! Sabe qual é a nova padroeira de São Paulo? Nossa Senhora dos Navegantes! E sabe qual é o último apelido do Kassab? Iemanjá! Rarará!

E avisa pro Serra e pro Kassab que era pra ALARGAR a Marginal, e não para ALAGAR! E quem disse que São Paulo não tem mar? Tem dois: MARginal Tietê e MARginal Pinheiros.

Pelo menos São Paulo vai entrar no Circuito das Águas, e lançar um parque aquático: o AQUASSAB! *Beach park* com água de enchente. *Beach park* com leptospirose! Ueba!

Vai indo que eu não vou! De *banana boat*! Rarará!

22 José Simão em: a esculhambação geral da República

GRIPE SUÍNA

BUEMBA! BUEMBA! BUEMBA! Cuidado com a gripe suína! Calma... Já passou. Rarará! Ainda bem! Senão o mundo viraria um clone do Michael Jackson! Todo mundo de máscara!

Aliás, o pior efeito colateral da gripe suína era aquela mulher de máscara segurando o cartaz: "Hoje não tem boquete!" Rarará! Aí o pessoal avisava: "O porco tá gripado, mas a minha linguiça é Sadia."

> Cartaz em motel em Sobral, Ceará: "Solicitamos o obséquio de vossa senhoria não lavar a pistola na pia."

Mas a tal gripe dos porquinhos assustou! Começou no México, e os mexicanos foram logo fazendo piada! Tinha a foto de um porquinho com uma frase embaixo: "Não Fui Eu!"

Eu também vi a foto de um mexicano que, não tendo máscara, botou uma cueca na cara. É verdade! Espirrou na cueca! Rarará!

> **Piada pronta: "Carro invade Shopping Oceânica em Niterói." Nome da motorista? Maria Cléia Pilotto**

E o primeiro caso de gripe suína no Peru? Uma mulher. Então era traveco. Mulher que pega gripe no Peru é traveco. Gripe no Peru!

Depois apareceram casos de gripe suína em Israel. Problemão: além da gripe, o doente ainda foi contra os preceitos judaicos. É mole?

Pior foi na Argentina. Argentino espirra ao contrário? "Na Argentina, suínos foram contaminados por humanos." Beijaram o porco na boca! Eu falei pra eles não beijarem porco na boca! Mas tudo bem, argentino já é espírito de porco por natureza! Rarará!

Sabe como os *hermanos* chamaram a gripe suína? Gripe Porcina! Rarará! A Regina Duarte que se cuide. Para evitar a gripe suína, não pode ter contato com a Miriam Leitão, com os palmeirenses em geral e com a viúva Porcina!

Claro que o vírus chegou logo ao Brasil. E o diálogo num hospital público em Salvador? "Tá com febre?" "Tô!" "Dor no corpo?" "Tô." "Esteve no México?" "Não, só na casa da minha sogra em Pau Miúdo." "Ah, então é dengue hemorrágica. Pode ir embora!"

No Rio, criaram o Disque-gripe! Disque um para gripe suína, disque dois para transmitir a gripe, disque três para falar com a Miriam Leitão e disque quatro para xingar um argentino! E sabe qual era o nome do Disque-gripe? Central de Atendimento da Gripe A: CAGA! É verdade, no Rio era CAGA! Rarará!

Ah, esqueci de falar: no meio da confusão a gripe suína mudou de nome. Virou gripe influenza A. AHHHHH! Disseram que em respeito aos porcos. Engraçado, com as galinhas não tiveram esse respeito! Continuou gripe aviária. As galinhas não tiveram o mesmo tratamento!

Gripe aviária era mais fácil: a gente sabia como pegava e como tratava. Gripe aviária se pegava galinhando. E depois tomava uma Cocóristina. Só o Lula que achava que gripe aviária pegava em avião! Rarará!

> **Piada pronta e enlatada: sabe como se chama o TRE de Pernambuco? TRE-PE! Em vez de votar, TREPE!**

E os senadores pegaram a gripe equina. Só davam coices um no outro. E uma amiga minha disse que o marido pegou gripe sovina. Rarará! E a faculdade de outro amigo suspendeu as aulas. Por causa da concentração de gente no mesmo local. Aí ele foi pro cinema, pra balada, pro barzinho e pro shopping. A gripe suína só é transmissível em sala de aula?!

E sabe como a gripe suína acabou? Alguém leu a notícia "Organização Mundial da Saúde diz que o vírus está se propagando com uma velocidade sem precedentes no mundo" e chamou o Rubinho. Pronto. O Rubinho conteve a velocidade do vírus! Rarará!

Ah, se ela voltar, vocês já sabem. O remédio pra gripe suína é o Tamiflu. E o genérico é o TAMUFU! Rarará!

PARADA GAY

O mundo é das bibas! Elas vieram pra ferver. Não é orgulho gay. É Borbulho Gay!

Em São Paulo, no Rio e em um monte de cidades de todo o Brasil, a Parada Gay é o maior sucesso. Aliás, Disparada Gay. Porque gay não fica parado nem pra tirar foto 3x4!

E a multidão na Paulista? Em São Paulo costumam ir uns 3 milhões de bibas. Fora as que ficam no armário. Fora as que não têm grana pra ir pra Sampa. E fora as que foram pra Marcha de Jesus e viraram "héteras"! As "héteras" de Jesus! Mas como me disse aquela biba: "Se Deus fosse gay, o mundo seria mais arrumadinho." Rarará.

Depois dizem que são minoria. Não tem mais lugar nos hotéis! E alguém veio pra dormir, por acaso? Veio biba até de Marte! De Marte e de Marta! Rarará!

E a Marta na parada? Todo ano é a mesma coisa. Sempre com aquele jeans dois números a menos. Deus é justo, mas o jeans da Marta é muito mais!

E uma biba me disse que bicha que não vota na Marta é viado mal-agradecido. Rarará! GLS quer dizer Gays, Lésbicas e Suplicy! A Marta é um emblema da parada!

E um amigo meu, impressionado com o mundaréu de gente na Paulista, me disse: "Sou hétero, mas não tenho culpa!" Rarará!

E essa notícia: "Solteiras revoltadas com os bonitões da parada." É o que sempre diz uma amiga minha: "É melhor um feio na mão do que dois lindos se beijando." Tá certa!

> **Tava um calor danado, e um amigo meu foi dormir pelado no terraço. E perguntou pra mulher: "Amor, se eu aparecer pelado no terraço, o que os vizinhos vão pensar?" "Que eu casei com você por dinheiro."**

Direto do país da piada pronta! Manchete: "Parada Gay desce na contramão." E a minha empregada foi pra uma parada com o namorado. Entregar o bofe de oferenda!

Aliás, você sabe que seu namorado é gay quando ele passa mais de três horas na academia. Quando reconhece que você tá de bolsa Gucci e sapato Prada e quando fala três frases: "Essa festa tá uó e o DJ é o ERRO." "Essa calça que comprei é TUDO." E "andei HORRORES no shopping!" Rarará!

E todo mundo vai ganhar dinheiro com a Parada Gay. É o poder do REAL ROSA! A versão tupiniquim do *Pink Dollar*!

Por falar em dinheiro, depois que o Ronalducho foi para o Corinthians, a Parada Gay virou um evento futeBOIOLÍSTICO! Tinha um monte de traveco com meião, shortinho atochado e camiseta número 9! Aliás, tinha tanto traveco que o evento vai mudar o nome de Parada para Operada! A Parada e a Operada!

Um amigo meu foi pra Parada em São Paulo e estacionou o carro numa rua atrás do MASP. Qual o nome da rua? Professor PICAROLA! Rarará!

E sabe onde a Parada Gay de Curitiba se concentra? Na praça do Homem Nu! Atenção, todas as bibas concentradas no Homem Nu! E dizem que a verdadeira Parada Gay é fila do *Sex and the City* no shopping Gay Caneca!

Mas ainda tem gente que não entendeu o poder das bibas. O Roberto Requião, por exemplo. Ele disse que agora tem homem com câncer de mama porque os homens vão pra Parada Gay. E sabe o que aconteceu logo em seguida? Ele caiu

Coisas do Brasil

do palanque. Praga de gay! Praga de gay é pior que praga de sogra! Ou então o marceneiro que construiu o palanque tava na Parada Gay! Rarará! O Requião é o verdadeiro Maisena, só engrossa!

E eu acho que na hora do Hino Nacional as bibas deviam botar a mão no pingolim. Rarará. É mole? É mole, mas sobe! Na parada!

FASHION WEEK

Fashion Week! A moda e os modelos do Brasil!
A volta das Lagartixas Esquálidas!
O mel do Fashion Week: as modelos! Modelo tem três categorias: peso-pena, peso-pele e peso-osso. Deviam desfilar em *pet shop*. Plantação de minhoca! Minhoca com peito, minhoca sem peito, minhoca com fome e minhoca albina. Tem uma tão branca que parece a larva da dengue. E modelo tem que ser magra mesmo. E ponto. Quem quiser carne que vá pro Porcão!
Adoro moda. Dos 800 desfiles, vou a 400! Só que roupa não foi feita pra usar. Foi feita pra tirar. Como disse uma amiga minha: "Eu não quero roupa fácil de usar, eu quero roupa fácil de tirar." Rarará!
Feliz é o Fidel, que usa a mesma roupa há 60 anos!

> Dizem que a loira chegou pro namorado e disse: "Eu tô com conjuntivite no olho!" "Conjuntivite no olho é pleonasmo." "Então eu tô com pleonasmo!"

Adoro as modelos. Principalmente aquela que disse: "Nós, as *top modess*." Rarará! Plural de *top model* é TOP MODESS! E aí perguntaram pra outra modelo: "Como você faz pra economizar a água do planeta?" "Lavo o cabelo no salão." Rarará! "E o que é sustentabilidade?" "Quando eu me sustento no salto." Modelo tem QI de concha de ostra. Mas como dizia o playboy Jorginho Guinle: "Se eu quisesse inteligência, eu saía com o Einstein."

Duas expressões sempre ligadas às modelos: anorexia e obesidade mórbida. Anorexia é quando você não come ninguém. E obesidade mórbida é quando você come todo mundo. Rarará!

Moral da moda praia no Brasil: o importante não é ser mulher, o importante é ter bunda.

E a Naomi Campbell? Era uma estrondosa *top model* internacional. Até vir pela décima vez pro Brasil! Aí já começam a implicar: é vesga, o pé tem joanete. Rarará!

O Herchcovitch quer que homem use saia. Com ou sem cueca? Ótimo pra fazer "ola" no jogo do Corinthians!

E o Ricardo Almeida resolveu botar as gravatas por dentro da camisa. Ótimo pro Amaury Júnior, que usa gravata batendo embaixo do cinto. Babador de rola! Rarará!

Sabe qual é a maior invenção da história da moda? Sandálias havaianas. A coisa mais democrática do mundo. Todo mundo usa: do mendigo ao surfista. Eu tava vendo o Datena quando apareceu um PM: "Estamos na captura de um elemento de bermuda e sandália havaiana." Então prende o Brasil!

Muita gente reclama: "Ah, eu não vou pra desfile pra ver mulher mal-humorada desfilando." Não é mau humor, É FOME MESMO! Eu vi nos bastidores uma modelo pedindo um misto-quente. Aí ela jogou o pão, o presunto e o queijo no lixo. E comeu a folha de alface!

E uma amiga minha disse que semana de moda causa dupla frustração: "Mulheres que você não pode ser, desfilando roupas que você não pode comprar." E daí? Nem por isso você deixa de assistir a filmes com o Brad Pitt: um homem que você não pode ser com uma mulher que você não pode comprar.

Desfile virou *pocket* show. Dura só três minutos. É como no Playcenter: uma hora de espera pra três minutos de diversão!

E eu chamo o Fashion Week de Fashion Bicha, porque um dia estava subindo a rampa da Bienal, quando vi uma bibinha falando pra outra: "Bicha, como tem bicha!" Rarará!

O Fashion Bicha parece caixa de marimbondo. Um monte de bibinha fervendo em volta. O Fashion Bicha é tão fashion que, quando vai ao banheiro, faz Cocô Chanel. Rarará! Mas acabou a frescura! Moda agora é mercado. Todo mundo com cara séria!

Direto da Cidade Maravilhosa, Rio de Janeiro, *Jornal do Posto Seis*: **"Secretaria Especial do Envelhecimento Saudável e Qualidade de Vida será inaugurada no PARQUE DA CATACUMBA!"**

E a Gisele? Arrasa todo ano. Deslumbrante. A Gisele é a mulher chester: muito osso e um peitão. A Gisele introduziu o peito nas passarelas.

Eu tenho inveja da Gisele. Só porque ela não precisa encolher a barriga na hora de transar! É o que as mulheres chamam de Barriguinha Ódio!

Ela tá sempre linda, com aquele sorriso de *mussarela* e fazendo o V da vitória. Parece que jogaram gás paralisante nela. Mas como diz um amigo: eu queria a Gisele mesmo paralisada!

E a Gisele ganha por passo. A cada passo que ela dá, fica mais rica ainda. Se eu ganhasse por passo já tava milionário, de tanto que vou até a padaria! Rarará!

A Gisele é coroa! Agora as modelos são todas franguinhas. Sabe o que uma modelo falou pra Gisele no camarim? "Tia, me passa o cabide." Rarará!

Uma amiga me explicando por que não vai ao Fashion Week: SOU BREGA E NÃO GANHO CONVITE! Então vamos fazer uma versão brega do Fashion Bicha: Fashion Bucho. Tem metrô, churrasquinho de gato e pipoca sem queijo. Tendência pra próxima estação: baixa, gorda e com camiseta de político!

POLÍTICA

A micareta dos picaretas!
Político morre de medo de duas coisas: humorista e *Jornal Nacional*. Da abertura do *Jornal Nacional* e de virar piada!
Político faz qualquer coisa pra ficar bem com humorista. Olha a Sabrina Sato no Senado. Eles imitam até a Gretchen, se ela pedir.
E os candidatos? Candidato no Brasil não é politico, é personagem: Valtinho Super Herói, Claudio Henrique Barack Obama, He-Man, Chapolin, Saci e Claudinho do Bumbum Lanches!
Brasileiro gosta de personagem. É a influência e a tradição do circo e das novelas!
O hilário eleitoral é uma sequência bizarra de personagens bizarros. Por isso que chamo de Galera Medonha ou Turma da Tarja Preta! Se fosse o elenco de uma novela eu adoraria.
Todos hilários. A cara do Brasil doido e único! É uma micareta sem a Ivete Sangalo!

GALERA MEDONHA

Eu fundei o PGN, o Partido da Genitália Nacional. Indecisos e indecentes, votem em mim pra presidente! Prometo fazer na vida pública o que faço na privada! Chega de hipocrisia! Sexo de noite e de dia!
 PLATAFORMAS DO PGN! Vou criar o Bolsa Hortifrúti: todo brasileiro terá direito a uma mulher-fruta. Bolsa Proteína: toda mulher terá direito a um homem-filé. Vou criar vaga pra corno em estacionamento de shopping. E legalizar a profissão de Ricardão. E aumentar o rolo do papel higiênico para 50 metros: Bolsa Piriri! E o Vale Motel: pros pobres pararem de transar no muro daqui de casa. E a liberação do Pum Noturno! E prometo liberar o *topless*, a rinha de galo e o vibrador com isenção de IPI! Rarará!
 Mas o PGN não ganhou. Foi pro saco! Prometo voltar nas próximas ereções com o slogan "EU MATEI A ODETE ROITMAN"!
 Vocês acham que eu tô brincando, macacada? No HILÁRIO ELEITORAL tem coisa bem pior! É a Micareta dos Picaretas! Candidato no Brasil não é político, é personagem!
 A Galera Medonha! A Turma da Tarja Preta! O Ailton Meleca, o Vitrolinha, o Nelson Mandela, o Porreta da Mata Escura e o Edicles, o Transformista. E o Valdir Virgens de Pau Grande!
 E as candidatas travecas? Pelo PV de Alagoas: Erika Faysson! Erika Faysson de tudo! Mas o nome dela era Erivaldo. Profissão: fuzileiro naval. E a Rosana Star: "Vou STAR em Brasília porque nunca estive no armário." Essa arrombou o armário. Da mãe! E o melhor slogan pra candidato travesti: "VOTEM EM MIM, SENÃO EU CONTO TUDO!" Rarará!

Eu gostei do Ciro Moura, número 360, com o slogan: mudança de 360 graus. Ou seja, fica tudo como tá, só que um pouco mais tonto. É o candidato TONTURA! Rarará!

> **Dizem que o Obama vai suspender o bloqueio de Cuba! As meninas do vôlei agradecem.**

E a doutora Havanir? Parece um fliperama desgovernado. Ela não é candidata, é um soco do Rocky Balboa!

E direto da Bahia: Bebeto do Pau Miúdo e Pinto de Casa Nova. Que são bairros de Salvador! E aquela candidata fazendo discurso no bairro de Pau Miúdo: "Povo de Pau Miúdo." E um morador: "Peraí, madame, até aqui tem exceção!" Rarará!

Estrelando em Alagoas, Magaiver! Será que ele também sabe fazer bomba com fio de cabelo, barbante e uma pilha velha? Seria perfeito para o Congresso. E no Amazonas, Haylander. Esse vai perpetuar, imortal!

E tinha também um candidato chamado Tio da Raspadinha. Me apresenta a Raspadinha. Todo mundo quer votar na Raspadinha. E no Rio apareceram a Inês do Posto, Milton da Tia Maluca, Wilson da Perna Torta e Laura Braço Forte. Eu queria tirar um braço de ferro com essa Laura. Rarará!

E o horário eleitoral tinha que ter legenda pra gente entender os projetos do Maguila!

E o Agnaldo Timóteo: sou um menino de 74 anos. Tomou Viagra com sucrilhos! Ueba!

E quem se lembra do Curiati? "Vote em Curiati! Onze Mil Cento e Onze." Mandatos! Se ele juntar todos os minutos de silêncio que fez na Câmara, dá uns dez anos. Dez anos de minuto de silêncio. E aí apareceu uma tal de S. Miranda: "Fui adotada e adotei." Errado. Pela cara dela, devia ser: "Fui abduzida e abduzei." Rarará!

E adorei o *slogan* da humorista Dadá Coelho: "BOTA EM MIM! 6969." Mas também com esse nome, Dadá!

E correndo por fora, pintou a Gordinha do Rabecão, auxiliar de necropsia do IML de Brasília. Ótimo, tem muita gente em Brasília que merece ser sepultada!

> Em Pelotas tem uma imobiliária chamada Fuhro Souto. Aí eu liguei pra lá e a secretária: "Bom dia, Fuhro Souto."

E aquele monte de mulher-fruta? Mulher Pera, Mulher Melão... E a Mãe Loura do Funk? Bunduda é bom porque não tem aquele velho problema de todo político: FALTA DE FUNDOS!

E o KLB? O K e o L eram candidatos. E o B? O B mudou de planeta com vergonha alheia!

E o Vadão do Jegue do Dente de Ouro? O dente de ouro é do Vadão ou do jegue? Voto no jegue! Porque o jegue é nosso irmão!

E o Marcão da Mancha: "Nós seremos felizes juntos." Nós quem, cara pálida? ME RECUSO! Ser feliz com o Marcão da Mancha, jamais! Rarará!

E cresceu a bancada do meu Partido da Genitália Nacional, o PGN! Direto de Rio Claro: Ricardo Picka! Bens a declarar: "Um apartamento no condomínio Vista Alegre não quitado e cuja quitação se dará só em três anos." Coitado, isso é que eu chamo de Picka Dura. Rarará!

A situação está psicodélica. Ainda bem que nóis sofre, mas nóis goza! Eu vou pingar o meu colírio alucinógeno! Acho que o Brasil tomou um ácido no café da manhã!

DILMA

Agora o mundo é das mulheres, não adianta discutir. Aliás, se discutir é pior. Principalmente com a Dilma! O Boneco de Olinda! A Fiona do Lula!

A Dilma é a primeira PRESIDENTUÇA do Brasil! Não é nem presidente nem presidenta, e muito menos presidANTA. De anta ela não tem nada. Um amigo me disse que a Dilma é o ectoplasma do Lula. Então ela não vai ser a primeira mulher presidente, como dizem. Vai ser a primeira ectoplasma presidente. Rarará!

A Dilma Rouchefe vai governar do Palácio do Jaburu! Ela prometeu continuar a fazer tudo o que o Lula fez. Então prepara o Engov! Rarará!

E o Lula garantiu que o governo vai ser a cara da Dilma. Cruzes, cara de ressaca de vinho Chapinha! Tamo frito e torrado. Chama o Dr. Hollywood para dar um jeito! Rarará!

Ministério da Dilma Rouchefe! A Primeira Presidentuça do Brasil! Agricultura: Serra. Como espantalho. Educação: Tiririca. Saúde: Cleo Pires. Em página dupla. Aquilo é que é saúde! Transportes: Rubinho. Pra acelerar a indústria das multas. Passou de 50 km/h, multa. Ultrapassagem, multa. E ultrapassar gringo? Perde a carteira. Rarará!

No Rio tem um proctologista chamado Fernando Pinto Bravo. *Socuerro*!

José Simão em: a esculhambação geral da República

E muitas mulheres. Então não vai ser um ministério. Mas um PIRIQUITÉRIO!

E o PMDB mandou avisar que quer 15 ministérios, com frigobar, caixa de Moët & Chandon, massagista, cesta de frutas tropicais e duzentas toalhas brancas. Aliás, alguém precisa avisar pra dona Dilmona Rouchefe que contar com aquele vice é uma TEMERidade!

Efeito Dilma! O mundo é das mulheres! Já vejo a mulher gritando para o marido: "Vai botar o lixo pra fora, senão eu ligo pra Dilma." "Faz a sobremesa, lava a louça e levanta a tampa para fazer xixi, senão eu ligo pra Dilma." Medo!

Deus criou o mundo em seis dias. No sétimo descansou. Na segunda criou a Dilma. E aí NINGUÉM MAIS DESCANSOU! Rarará! Estilo Dilma: porrada, pito, pitaco e toco! Como disse um amigo meu: "A Dilma é como minha mãe, não consegue passar o dia bem sem dar um pito em alguém!"

A Dilma é a sogra do Brasil! Antes de casar, é uma maravilha. Casou, já começa a mandar: "Não trabalha mais, isso é hora de chegar em casa?!"

E ela não é Rousseff nem Rouchefe. Ela é HULK CHEFE! Rarará!

Cuidado, criançada. A Dilma vem aí! Eu vi ela em Brasília na campanha, abraçada com as criancinhas. Sabe o que ela falava? "Papai Noel não existe!" "O coelho não bota ovo!" "A fada do dentinho é mentira." "Eu vou dar uma voadora na sua mãe." Rarará!

E essa história de que a Dilma é búlgara? Eu já disse que ela não é búlgara, ela é PIT BÚLGARA!

E as próximas medidas da Dilma? Mais dois PACS: Peeling Aplicado na Coroa e Plástica para Adequação da Companheira! "Já fui guerrilheira, peguei em armas, mas não queria continuar um canhão." Rarará!

A Dilma vai lançar o Bolsa Sutiã. Nada faz mais justiça social que o sutiã: oprime os grandes, levanta os caídos e protege os pequenos.

E o Aerolula? Vão ter que reforçar as turbinas pra Dilma decolar. E como vai se chamar? Aerobucho! Aerobruxa! VASSOURÃO! NIMBUS 2011! A vassoura do Harry Potter! Rarará!

SERRA

Durante a eleição, o Serra Vampiro Anêmico ficou gritando uma única coisa: Saúde! Saúde! Saúde! Serra, o Candidato Espirro!

Aliás, sabe por que o Serra perdeu mesmo? Porque depois do mutirão da catarata, ele prometeu o mutirão da próstata! Rarará!

E falou tanto em aborto que a eleição foi um parto! E uma coisa inédita: o Serra virou carola. Passou três meses beijando terço. O Serra já beijou coisa melhor. Ou pior! O Serra Vampiro se arriscou muito entrando em igreja. Se acertassem água-benta nele, a Dilma ganharia por w.o.!

No Rio tem uma neuropsiquiatra chamada Monique Nervo.

O Serra ficou famoso no Twitter. Tanto que inventaram uma série no Twitter chamada *O serra é feio*: O Serra é tão feio que um sapo engoliu o RG dele e cuspiu a foto. O Serra é tão feio que quando ele nasceu botaram insulfilme no berçário. O Serra é tão feio que quando ele nasceu a parteira gritou: "Volta que não tá pronto!" O Serra é mais feio que a morte comendo pastel. Rarará!

Política 41

Mas o Serra não é feio, tem apenas um design desarranjado! Ele e o Drauzio Varella podiam ser porteiros de necrotério. Rarará!

Se o Serra ganhasse não ia mais ter dia no Brasil, só noite! E dizem que o Serra cortou o rabo do cachorro porque não suporta sinais exteriores de felicidade.

Ele contratou até o Neymar pra derrubar a Dilma, mas não adiantou.

SERRA NA CABEÇA! Ops, na careca. Uma bolinha de papel acertou a careca do Serra. E ele foi pro hospital. Se com uma bolinha de papel o Serra faz tomografia computadorizada, imagine se levasse uma bundada da Mulher Melancia!

E tem que perdoar o cara: jogar coisa em careca é uma tentação irresistível! Todo mundo joga coisa em careca! Rarará!

E sabe o que o Serra falou no hospital? "Infelizmente não ganhei nenhum ponto." Nem um pontinho!

Aí, depois, a bolinha de papel virou rolo de fita-crepe. Dava mais adesão! Mas a bolinha de papel não gostou de ser relegada a segundo plano. E interpelou a fita-crepe na justiça. E sabe o que a fita-crepe falou pra bolinha de papel? É NÓIS NA FITA!

Desabafo da bolinha de papel: "Fita-crepe, o caralho. Meu nome é bolinha de papel, porra!" Precisava de terceiro turno pra decidir: bolinha de papel ou fita-crepe?

Uma fonoaudióloga me disse que o Serra perdeu porque ele só tem sotaque para quatro estados. Então, pro Serra não ficar triste: sempre tem um pedágio no fim do túnel!

Eu acho que agora o Serra podia se candidatar a prefeito de cidade espírita. Prefeito do Umbral, aquela cidade do filme *Nosso Lar*. Ou então voltar pra cripta!

Mas, se quiser tentar de novo a presidência, eu já tenho um novo slogan: "Serra pra 2200". Ele ainda vai estar vivo. Mas a gente NÃO!

TIRIRICA

"Vote no Tiririca! Pior que tá não fica." AH, FICA!

Por essa, ninguém esperava... Tiririca deputado. Com direito até a cartilha: "Criançada, peça pro papai e pra mamãe votarem no Tiririca. Pra deputado, vote no ABESTADO!"

> Mais um capítulo da biografia do Zé Mayer, *O comedor*. O marido chega pra mulher e diz: "O Zé Mayer tá dizendo que comeu todas as mulheres desse prédio, menos uma." E a mulher: "Deve ser a nojentinha do sexto andar."

E sabe como se chama o assessor do Tiririca? MAIONESE! É mole?

"Tiririca jamais esconderá a verdade, darei o nome aos bois. E sobrenome às vacas." Então vai ter muito trabalho pela frente! Rarará!

"Professor Tiririca, o senhor foi bom aluno?" "Eu era cobra." "Sabia tudo?" "Não, passava me arrastando." "Eu vou lutar contra a miséria, contra a fome e contra a corrupção. Só não vou lutar contra o Maguila, senão eu vou MORRÊÊÊ!" Ueba!

Política

E aí perguntaram pro Tiririca: "Agora eleito, o que você vai fazer de concreto?" E ele: "CIMENTO!" Outra: "Tiririca promete inclusão digital: dedão será válido como assinatura." Rarará! Só que depois vieram com a história de que ele era analfabeto e não ia poder assumir o cargo. Que precisaria passar por uma sabatina. Do Lula! Rarará!

E o teste do Tiririca? Qual a frase que ditaram pra ele escrever? "Florentina, Florentina, Florentina de Jesus!" Rarará! E, se o palhaço tem que provar que é alfabetizado, os alfabetizados têm que provar que não são palhaços!

O Tiririca deu uma entrevista pra um jornal do Ceará: "Por que o senhor se candidatou por São Paulo, e não pelo Ceará, sua terra natal?"

"Porque aqui não tem abestado." Chuuupa, São Paulo! Viva o Tiririca!

Eu acho que o Tiririca tinha que ficar mesmo. O Tiririca não foi voto de protesto, foi voto de prazer. As pessoas votaram com prazer. O que é mais difícil ainda de digerir!

Agora vou aderir à campanha: "DEIXA O ABESTADO TRABALHAR!" Fui!

SARNEY

AAAAH! O Brasil não consegue se livrar do Sarney! O Moribundo de Fogo!

Pega o jornal, tá ele na capa, abre a internet, tá ele na página inicial! Isso desde a época que não existia computador. Aliás, dizem que quando o Juscelino chegou pra inaugurar Brasília, ele perguntou: "Que bigode é aquele ali? Que bigode é aquele ali atrás daquela ema?" Rarará!

Escândalo com o Sarney é como caixa de lenço de papel: você puxa um e vem logo três!

> **Quando o Lula falou que ia pra Copenhague, a dona Marisa gritou: "Então me traz duas Nhás Bentas e uma caixa de Língua de Gato."**

E a história do nepotismo? Que injustiça. Não tem ninguém no Brasil com mais TRANSPARÊNCIA do que o Sarney! Festival de parentes com cargos no Congresso. Eu tenho a lista: 14 sobrinhos, 48 netos, 74 bisnetos, 5 sogras, 45 cunhadas, 16 concunhados e UM AVÔ!

O Sarney vai ser indiciado por Formação de Família!

E os esquemas na Fundação Sarney, ops, na Afundação Sarney? Fecharam a Afundação! Onde ele seria sepultado! Uau, o Sarney ficou sem ter onde cair morto.

Aí eu criei a campanha "Arranje um lugar para o Sarney cair morto". Primeira sugestão: sob os Lençóis Maranhenses. Ao som de "deitado eternamente em berço esplêndido" (verso daquela nova canção da Vanusa). Segunda sugestão: o vão do MASP. Fecha tudo com vidro e abre pra visitação: crianças e turistas argentinos. Rarará!

E, com o fechamento da Afundação Sarney, todos os fantasmas voltaram pro Playcenter!

Aliás, o Sarney garante que não tem funcionários-fantasmas: "O FANTASMA SOU EEEEEEU!" E os funcionários fantasmas ficam rodeando a casa dele à noite: "Roseana, você tá aí? Roseaaaana, você tá aííí?"

Só falta descobrir que o Sarney roubava a mesada do primo e o lanche do vizinho! E que fugiu com o circo e nunca mais devolveu. Como o Maranhão. Já diz aquele livro dele: *O dono do Mar... anhão*.

O Maranhão é dele, ele já tem a escritura. Vai mudar o nome para MYRANHÃO! E você pedindo informação em São Luís: pega a avenida José Sarney, passa pela ponte Roseana Sarney, dobra na maternidade Kiola Sarney e vira à direita na escola Marly Sarney. E quem nasce na maternidade Kiola Sarney é o quê? Puxa-saco mesmo. Rarará!

O Sarney é senador pelo Amapá. Parece que ele vai mudar o nome do Amapá pra AMAPARENTES!

Só que, por pior que seja o escândalo, não tem jeito, o bigodudo não cai. Um dia desses, a dona Marly Sarney caiu e fraturou o ombro. Com todo o respeito, não era ela que era pra cair. Caiu a pessoa errada! Tão puxando o tapete do Sarney, e quem cai é a dona Marly? Isso que é amor: "Deixa que eu caio por você!"

Quanto mais velho fica, mais ele discursa. Alguém aí aperta o *turn off*, por favor! Esqueceram de desligar o veio. Esqueceram o veio ligado. Rarará!

Em Ourinhos tem um médico legista que se chama Ronaldo MATACHANA!

E parece que ele já está preparando um novo livro. Que vai vir todo entre PARÊNTESES! Rarará. Agora só escreve entre parênteses!

Uma leitora queria que eu lançasse uma campanha: "Quem já leu um livro do Sarney?" Eu não conheço ninguém, e olha que eu conheço gente pra caralho. Rarará! É mole? É mole, mas sobe! Ou, como disse o outro: é mole, mas trisca no bigode pra ver o que acontece!

MARTA

A VOLTA DA MARTA VIVA! A Marta relaxou, gozou e voltou! Com o slogan: "Botox não é pecado! Marta pro Senado!"

Adorei a apresentação dela no hilário eleitoral: "Meu nome é Marta Teresa Suplicy de solteira Smith de Vasconcelos." Candidata ao Castelo de Caras? Rarará!

Ela lançou uma novidade no horário eleitoral na televisão: o BOTOSHOP, botox com photoshop! Ficou parecendo uma tábua de polenta! Haja botox! Um amigo me disse que a Marta tava parecendo a Lady Gaga depois de atropelada por um ônibus do Passa Rápido!

E uma amiga minha acordou toda torta, olhou no espelho e gritou: "Errei no botox e acordei Marta." Rarará! A Marta muda tanto de visual que já tá sendo chamada de MARTAMORFOSE! Martamorfose ambulante!

A Marta é super PT: Perua de Tailleur!

A Marta não tem atitude. Tem ALTITUDE! É esnobe de nascença! Por isso que a classe média não gosta dela. Pra reconquistar a classe média, ela tem que fazer duas coisas: baixar o IPTU de Moema e lavar calçada com esguicho. Ela mesma! Pessoalmente!

E a Marta foi a que mais colaborou para o sucesso do MERCOSUL: se casou com um argentino! Ops, franco-argentino. E olha que eu não conheço nenhum argentino franco. Rarará!

E a tia duma amiga minha disse que aprendeu a fazer sexo com a Marta nos tempos da TV Mulher!

E GLS quer dizer Gays, Lésbicas e Suplicy! O gay que não gosta da Marta é uma bicha ingrata. E ela fez tantos Céus que prometeu criar um CEU pra Saúde: já sei, os doentes vão direto pro céu! A Marta lançou o Bilhete Único, e o Kassab, o Bilhete Úmido, especial para enchentes. Para passear no Aquassab!

> **Sabe como se chama o juiz da 8ª vara de BH? Jair Varão Pinto. Parabéns pelos dois. Rarará!**

E sabe como a Marta virou ministra do Turismo? "E eu não ganho nada, Lula?" "Ora, Marta, vá passear." Oba! TURISMO! Rarará!

Mas com aquela cara ela tá mais pra futurismo. Ops, EGOTURISMO! E aí que ela cometeu o maior desaforo da vida dela. Em pleno caos aéreo, ela gritou pro povo: Relaxa e Goza. Na cortina do aeroporto? Rarará! Em vez de tráfego aéreo, ela criou o ORGASMO AÉREO! Ela pediu desculpas. Não aceito. Mandar gozar e depois pedir desculpas é coito interrompido. Configura coito interrompido!

A Marta Martox é a figura que recebeu mais apelidos: Patricinha da Terceira Idade, Quindão de Padaria, Martícia Adams, Genérico da Ivana Trump, Rainha do Passa Rápido e Cuca do Sítio do Picapau Amarelo. Mas um amigo me disse que ela parece mesmo é um gato persa sem bigodes!

E hoje em Brasília ela tá parecendo a Vovó Donalda, com aquele bicão. E depois disso tudo ela ainda me cumprimenta no cabeleireiro. Rarará!

COLLOR

Socuerro! Todos para o abrigo! O Collor voltou! Que medo! Prefiro cruzar com uma mula sem cabeça!

A volta do Collor não é uma volta, é uma revolta! Botaram o Collor pra tomar conta da grana do PAC. E quando um amigo leu a manchete, gritou: "Mulher, liga pra reclamar que entregaram o jornal de ontem." Rarará!

Outra amiga disse ao marido: "Amor, abri o guarda-roupa e encontrei um rato desse tamanho." "E eu abri o jornal e encontrei o Collor e o Calheiros." Pânico!

Rescaldo da Politicalha! Dizem que o Collor voltou falando "minha gente". Minha gente, não! Gente dele. Porque a minha gente é humilde, porém limpinha!

Ele disse que tá "obrando" na cabeça dos jornalistas. cocollor. Já imaginou levar um cocollor no cocoruto? Posso escolher? Prefiro cagada de pombo! Rarará!

E o Collor, quem diria, ainda entrou para a Academia Alagoana de Letras. Não seria de tretas? Collor entrou para Academia Alagoana de Tretas! Imortal todo brasileiro é: não tem onde cair morto!

Dizem que ele conseguiu essa vaga sem nunca ter escrito um livro. Injustiça. Quando era prefeito de Maceió, ele mandou editar um novo catálogo telefônico. Péssimo enredo, mas tinha personagem que não acabava mais!

Em Penedo, Alagoas, tem uma estátua chamada estátua do Olho Esbugalhado. Deve ser em homenagem ao Collor. Ele tem olho de ovo frito. Um narigão com um ovo estalado de cada lado! Rarará! E a respiração do Darth Vader!

Se quiserem fazer uma homenagem ao Collor, podem colocar a cara dele em uma das novas notas do real. Na de 171 reais! Rarará!

A nota de um real devia vir com a cara do Tiririca. A de quatro reais, com a cara do Lula. E a nota de R$ 1 milhão? Com a cara do Silvio Santos. E a nota de R$ 1 trilhão? Com a cara do Maluf. Gritando, de boca aberta!

> **Em Lins tem um urologista chamado Kleber Piedade. Na hora do exame, você grita: "Doutor Kleber, tende piedade!"**

Sabe por que as novas cédulas do real vêm em tamanhos diferentes? Pra caberem na meia e na cueca. As menores enfia na meia, e as maiores, na cueca! Rarará!

Mas nossa vingança será maligna. O Brasil tremeu quando o Collor voltou, e o Collor tremeu quando a Rosane, a Paquita do Agreste, voltou. Quando ex-mulher volta a dar entrevista é que a pensão é pouca! Rarará!

Eu sempre adorei a Rosane, a Barbie do Agreste, que pedia *steak au poivre* sem pimenta e vinho do ano.

Como dizia um amigo meu: vinho e carro, só do ano. Rarará!

Xô, Collor!

LULA

O LULA É POP! O Lula não faz discurso, faz *stand-up comedy*!

Todas as piadas sobre o Lula já foram feitas. A pior coisa do mundo é uma festa com o cunhado bêbado contando piada do Lula. Por isso só vou falar do Lula Turista!

As aventuras do Lula pelo mundo! Tipo *As aventuras do Tintim*! Rarará!

O Lula viajou tanto que parou na escadinha do avião e perguntou: "Marisa, EU TÔ INDO OU TÔ VOLTANDO?" Ele não é viciado em viagens. É dependente químico!

Se contar os dias em que o Lula ficou no Brasil, o mandato dele é menor que o do Jânio Quadros! Rarará!

Presidente agora é a versão moderna do caixeiro-viajante. Vai de país em país: "Quer comprar geladeira com isenção de IPI?"

Agora eu sei por que o Aerolula não tem autonomia de voo. Precisa parar pra reabastecer o Lula!

Sabe como se chama o governador de La Paz, Bolívia? Cesar COCA RICO!

A dona Marisa é a única que não gostou do Aerolula: "Não tem varanda! Onde eu vou pendurar a rede?" Rarará!

O FHC era poliglota, o Itamar era monoglota, e o Lula é ZEROGLOTA! Por isso que ele se dava tão bem com o Bush. Nenhum dos dois falava inglês!

A maior diferença entre o Lula e o FHC é que o Lula viaja até pra países que não têm água potável.

A grande entidade da Era Lula: o AEROLULA! Mais conhecido como AirVorada, AirGuardente, Marisão, Churrasqueira Voadora. Ou Pagodinho One: deixa a vida nos levar. Não precisa nem de piloto.

LULINHAS AÉREAS! O mundo gira, e o Lula fica tonto! Lulinhas Aéreas! Te levando a lugares onde nem FHC foi!

Lula tá na Ásia. A Ásia vai ter azia! Foi pra Arábia Saudita e China. Habib's e Promocenter! A esfiha por R$ 0,49 e o CD pirata por R$ 4,98. Custo da viagem: R$ 5,47!

LULA COMPLOU UM LOLEX!

Na China todas as bugigangas originais são piratas. E sabe como se fala "Tô perdido" em chinês? U ÓMI LULA! É verdade! E sabe como se chama Rolex em chinês? Lolex! E sabe como se fala Prada em chinês? Plada.

Fazer negócio com chinês é fogo. Um amigo foi pro Standcenter comprar um *microsystem* e perguntou pra chinesa: "As caixinhas *surround* vêm junto?" "Caxinha sulaundi paga sepalado." "Então enfia na peleleca." Rarará!

E toda vez que o Lula vai pra China aparecem com esse papo chato: o Brasil faz negócios com a China mas não cobra os direitos humanos. Você acha que um vendedor de shopping vai falar pro cliente "eu não vou te vender a televisão porque você bate na mãe"?

Política

Sabe como é o nome do Lula em chinês? Shin-Kuen-Te--Um! E sabe por que eu nunca fui com ele pra China? Porque antes só que mal acompanhado! E sabe o que o Lula disse logo que chegou na China? "Marisa, liga pro Lig Lig que eu tô morrendo de fome." Rarará!

LULA PEGA A ESFIRRA VOADORA E PROVOCA UM TURCO-CIRCUITO!

Lula na Arábia Saudita, quando ele viu aquele monte de *sheik*: "Desculpem, companheiros, eu não sabia que a festa era à fantasia." O Lula ficou com inveja do camelo: "Eu queria ser um camelo pra ter dois buchos: um pro churrasco e outro pra cachaça."

Turcocircuito! Passou um *sheik* sem fundo. O avião estava descendo no Líbano quando o Lula sacudiu a dona Marisa: "Marisa, Marisa, Beirute." "O meu eu quero com rosbife." Rarará!

LULA FAZ CHURRASCO COM VACA SAGRADA!

Lula e dona Marisa na Índia. Foram abraçar o hinduísmo: tão sempre indo pra algum lugar, o INDOÍSMO! Adepto do indoísmo. Esta é a filosofia da dona Marisa: moro no mundo e passeio em casa!

> **Em Vitória do Espírito Santo tem uma nutricionista chamada Roberta Larica.**

Mas avisa pro Lula que na Índia a vaca é sagrada. Nada de churrasco. Churrasco na Índia é churrasquinho de gato.

Já a dona Marisa foi fazer uma ponta em Bollywood! O Lula na Índia foi recebido pela líder Sonia Ghandi, viúva do ex-primeiro-ministro Rajiv Gandhi e nora da Indira Gandhi. É a família Sarney da Índia!

O LEÃO COMEU O LULA!

O que o Lula foi fazer na África? Conhecer o Tarzan pessoalmente. You Tarzan! Me Lula! Rarará! E bater boca com o leão da Metro!

Adorei a frase do Lula na África: "A escravidão é como dor de cálculo renal, não tem explicação, só sentindo." E eu acho que o governo Lula é como exame de próstata, não tem explicação, só sentindo. E já pensou se um leão come o Lula pensando que era um guaxinim?

LULA NA RÚSSIA!

O mundo dá muitas vodkas. Acho que a única coisa que o Lula sabe falar em russo é Smirnoff. "Me dá uma vodka, senão eu vou ter um *delirius kremlin*." E o Putin tem cara de vilão de filme de 007!

LULA PASSEIA DE CRISTALEIRA!

Lula na Inglaterra! Na Putarquia Britânica! Sabe o que a rainha falou quando viu o Lula? Eu acredito em gnomos! E o Lula cometeu a primeira gafe: não levantou o dedinho na hora de tomar o chá! Adorei ele passeando de carruagem cristaleira com a Rainha. Parecia o sambódromo! Depois, conversando com o Blair: "Vamos discutir a Terceira Via." "Que isso, companheiro Blair, eu sou espada!"

Por que o Lula não levou a dona Marisa pro Irã? Eu queria tanto ver a dona Marisa de burca. PRA SEMPRE! Rarará!

> **A presidente do Sindicato das Prostitutas foi fazer um discurso em Brasília, mas não sabia como começar. Aí, falaram pra ela: "Começa como quiser." E ela: "MEUS FILHOS...!"**

"CEREBRIDADES"

Como dizia Andy Warhol: "Celebridades são produtos." Celebridade é a coisa mais pop que existe. Mais popular. Adoro quando falam na rua: "cerebridades". As celebridades usam o cérebro pra virar cerebridades. Mas celebridades não precisam de cérebro porque são ocas, imagens, fenômeno do século 21.

O século 21 é o século da imagem! Celebridade é tanta imagem que acaba virando intimidade. Você fala qualquer coisa deles: "burra", "baixa", "gorda", "linda", "tem joanete", "o peito parece bola de Natal"! A Britney Spears acabou se casando com um *paparazzo* porque só conhecia *paparazzi*!

E quando ela rapou a cabeça, todo mundo gritou: É PIOLHO! Rarará!

LUCIANA GIMENEZ

E a Luciana Gimenez, vulgo Lucianta? Se ela não existisse, alguém tinha que inventar essa mulher! Amo de paixão!

Ela é a rainha da piada pronta. "Eu ganhei um cachorro muito inteligente, mas devolvi." Rarará! Claro. Acho que o cachorro mandava ela sentar. O cachorro era tão inteligente que mandava ela ir buscar o jornal. E trazer o chinelo! Na boca!

Placa na porta do Butantan: "Aceitamos sogras para reposição do estoque."

As pessoas não acreditam quando digo que ela é minha morenanta predileta. Mas é. Eu adoro esta frase dela: "Não se pode colocar os BURROS na frente dos bois!" Rarará! Ela ficou com medo de levar uma chifrada!

Olha como ela apresentou uma convidada: "Agora vamos chamar aquela mulher que POUSOU nua." Entendi, ela tava voando pelada e caiu no programa da Lucianta. Pouso de emergência!

E essa pérola aqui: "Tem gente que é que nem Maomé, tem que ver pra crer." Maomé, são Tomé, tudo termina em "é" mesmo. BÉÉÉ!

A Lucianta fala "vou abrir um parênteses" e faz sinal de aspas com os

"Cerebridades" 59

dedos. Ela contamina mais que a gripe suína. Uma psicóloga foi ao programa dela e disse: "A Mulher Pera fala palavras de baixo escalão." Tá certa! Alto escalão é a Mulher Melancia, a Mulher Jaca. Rarará!

E tem coisas que só acontecem com a Lucianta Gimenez. Deu no *New York Post*: ela estava no restaurante Waverly Inn, em Nova York, quando uma barata caiu na cabeça dela. Sério! A barata deve ter escolhido a cabeça mais vazia. "Acho que vou cair nessa aqui, que tem mais espaço." Rarará!

CAOS AÉREO URGENTE! "Avião com Luciana Gimenez pega fogo." My God! O avião saiu de Nova York, e começou a sair fumaça, e voltou pro aeroporto. Três hipóteses: 1) ela ligou a chapinha em 220v; 2) ela ligou o barbeador em 220v; 3) ela ligou o vibrador em 220v. Ou então ela ligou TODOS num benjamim! Ou então ela resolveu pensar em pleno voo. E o Tico e o Teco pegaram fogo. Rarará! Nóis sofre, mas nóis goza.

Aí a Lucianta sai de férias, vai esquiar e é atropelada por um boneco de neve! A realidade supera a ficção! Atropelada por um veículo de neve? E o veículo tá passando bem? Tô preocupado! Bater naquela cabeça dura. Rarará!

Eu só entendi o que acontece com a Lucianta depois que ouvi a Victoria Beckham revelar: "O salto alto aumenta a minha capacidade cerebral." Aaah! Aumenta não, eleva. Em 10 cm! E descalça deve ser uma anta. Tropeçou no salto e QI de quatro! Rarará!

É por isso que a Lucianta Gimenez usa salto 15. Salto palafita. Elas deviam criar uma nova ordem: As Antas Descalças!

Mas, calma, ainda há esperança! Num debate sobre célula-tronco, a Lucianta soltou a seguinte frase: "Como a Igreja é malvada." Ela acertou! Básica! Gênia!

Os neurônios dela estão se reproduzindo em cativeiro. Então o mundo tem salvação! Rarará!

GALVÃO BUENO

Dizem que um psicanalista falou pro paciente: "Conte-me tudo desde o início." "No início, eu criei o céu e a Terra." O paciente era o Galvão Bueno! Rarará!

O Galvão Urubueno é Deus. Pelo menos é o que ele acha, ou melhor, tem certeza.

Existem três verdades sobre o Galvão Urubueno. Deus criou o mundo em seis dias, e no sétimo foi interrompido pelo Galvão. Van Gogh cortou as orelhas só pra não ouvir o Galvão gritando. E o Galvão acha que sabe tudo: até a idade da Glória Maria! Rarará!

> **Direto da enchente de Belo Horizonte: "Militares resgatam de helicóptero homem ilhado em árvore." Qual o nome do ilhado? Robinson Crusoé! O ilhado mais famoso do mundo!**

O Galvão atingiu um nível que nenhum outro narra-torcedor conseguiu. Na Copa de 1998, ele gritava mais que o Tarzan no cio querendo comer a Chita. Em 2002, ele gritava mais que viúva tirando o atraso de cinco anos. Em 2006, cacarejava como galinha com ovo atravessado no fiofó. Em 2010:

"Cerebridades"

FOCA DA DISNEY! Rouco como foca da Disney! Rarará! E 2014? Ele é dúvida!

Na Copa da África ele ganhou um novo apelido: HEXAGERADO! Eu acho que ele não faz mais narração, faz *stand-up comedy*. Rarará!

O ruim é que teve muito jogo de manhã, e a pior parte de levantar para ver uma partida às 11h é acordar com o Galvão Urubueno. Que vem com cara de pão na chapa! Bom, mas melhor acordar que dormir com o Galvão. Rarará!

Ele perguntando para os colegas na cabine: "Tá de bom tamanho?" "Arnaldo, tá de bom tamanho?" "Tá, mas quando eu apitava em 65... a regra era clara." "Falcão, tá de bom tamanho?" "Quando eu jogava na Roma em 52..." O Falcão parece o Museu da Imagem e do Som. "Casagrande, tá de bom tamanho?" "AHNNN? EHRRR! UHN?!" Rarará!

E antes da Copa teve um amistoso do Brasil com o Zimbábue. Mas o Galvão não pôde narrar: a ONU impediu. Disse que o povo do Zimbábue já tinha sofrido demais. Rarará!

E a matemática maluca do Galvão? "Se a Inglaterra empatar com os pigmeus de Botsuana, a Eslováquia fizer um gol, o vento bater a favor e o cara conseguir vender todo o engradado de cerveja, o Brasil faz dez pontos." Adoro!

Aqui no Brasil, a moda nos estádios é vaiar o Galvão. A Globo devia lançar na tela: "Se você quiser vaiar o Galvão, disque 0800-11334400." "Se você quiser vaiar o Galvão com palavrão, disque 0800-11334411." É o disque-vaia Galvão! Rarará!

E eu sempre digo que no Brasil tem dois galvões: um é o santo, e o outro é o Deus! Temos as pílulas do frei Galvão e as pérolas do Galvão Urubueno: "Na Fórmula 1 é assim, amigos, se três carros freiam e o que vem atrás acelera, o de trás bate no da frente!" Gênio!

O Urubueno na Fórmula 1, aliás, é um capítulo à parte. Ele tem que tomar Gardenal em dia de corrida. Mas se o Rubinho ou o Massa quebram, ele vai ficando com voz de velório. O Galvão agoura tanto os carros dos gringos, e sempre é o do Rubinho que quebra! O Galvão tem que lançar o *Manual do ufanismo uruquento*! Rarará!

E a última do Galvão? Virou vinho! É verdade! O Galvão Urubueno lançou vinho espumante! E aí, quando abre a rolha, sai o grito: "Éééé du Braziiiiiuuuuu!" Rarará!

E sabe por que o Galvão lançou espumante? Porque, quando ele grita, ESPUMA! O Galvão já é um espumante. Lança espuma pela boca. Rarará! Espuma mais que Sonrisal. Dor de cabeça, azia e má digestão? Espumante Galvão. Mas quando a Argentina ganha, o vinho do Galvão vira vinagre!

Bem, amigos, era isso. Como diria o Galvão: "Ergue os braaaaços! ACABOOOOU!"

BARRICHELLO

EU AMO O RUBINHO! O Rubinho é o nosso anti-herói.

Domingo sim, domingo não, ligo a TV e ouço o Galvão Urubueno: "Agora tem tudo pra ganhar! É dessa vez, Rubinho! Agora vai, Rubinho!" PUM! Largada: vai todo mundo, menos o Rubinho. Esquece de largar. Rarará!

Sabe como se chama o presidente do Sindicato dos Vigilantes? Edvan GUARITA!

Começa em terceiro, quarto, e vai parar em último. Tem que botar um despertador no painel pra acordar o Rubinho. Ou larga na hora, ou larga dessa vida. Rarará!

Na Fórmula 1, a gente escuta de tudo: palavrão, o Galvão, o motor... Só não escuta o hino brasileiro!

Direto do país da piada pronta: Dia 23 de maio é o Dia Mundial da Tartaruga. E aniversário do Rubinho. Então, desde já, parabéns ao Rubinho e A TODAS AS OUTRAS TARTARUGAS.

Mas os especialistas dizem que ele é um piloto de grande recuperação. Exatamente, está sempre em recuperação. Como diziam no meu tempo: segunda época! Rarará! Na Corrida Maluca, ele seria O PILOTO TRAPALHÃO! Ele usa capacete ao contrário. Só pode ser. É o piloto aloprado!!! É mole? É mole, mas sobe!

E um amigo me disse que o Rubinho devia apostar corrida com carro fúnebre, porque ninguém ultrapassa. Rubinho, o azar te Honda! Rarará! O Rubinho é tão azarado que, se correr na São Silvestre, quebra o pé!

E sabe o que a mulher do Rubinho falou? "Eu amo primeiro os meus filhos, o Rubinho tá em segundo." Rarará!

A desculpa é sempre a mesma: "Rubinho ainda não se adaptou ao novo carro." Pois para mim ele ainda não se adaptou à Fórmula 1. Rubinho Barriquebra!

Falando sério, só tem uma peça com defeito no carro do Rubinho. Fica entre o volante e o banco! Rarará!

Eu só acho que as pessoas deviam respeitar mais o Rubinho. Teve um dia que o Rubinho ganhou, vocês lembram? Foi porque ele perdeu o freio! Rarará!

> **Placa na peixaria em Salvador: "Aqui até o peixe-espada é fresco!"**

Não, sério. Ele é um cara muito gente boa, dado a homenagens. Quando o Michael Jackson morreu, ele prometeu que, se ganhasse, ia dançar o *moonwalk* no pódio. Mas, pra ele, que só anda pra trás e roda, é fácil. Ele tá dançando o *moonwalk* há anos. Aliás, o carro dele É um *moonwalk*!

URGENTE! Agências internacionais noticiam: "Campanha na Austrália relaciona alta velocidade com pênis pequeno." Então o Rubinho é o nosso novo *sex symbol*, o superdotado.

Pronto! BARRIQUEBRA nunca mais! Agora podem chamar de RUBINHO BERINJELA!

"Cerebridades" 65

VANUSA

Sabe como se chama o hino nacional na versão da Vanusa? O VÍRUS DO IPIRANGA! Rarará!

O grande babado do século é ver o hino nacional da Vanusa no YouTube. Tudo errado, tudo desafinado e toda atrapaiada.

A Vanusa executou o hino. Com tiro à queima-roupa! Mas ela disse que não foi bebida, foi remédio pra labirintite. Ou será La Biritite? Então, em tempo de lei seca, o negócio é tomar remédio para labirintite! Bafo de labirintite!

Em todo caso: se beber, não cante. Adorei. Agora só canto o hino nacional versão Vanusa. Rarará!

Olha a versão da Vanusa: "O NOVO heroico e brado retumbante!" Gente, ela devia ser cantora oficial da comitiva do Lula. E "bééérço"?

E a cara de constrangimento dos presentes, na Assembleia? Mas eles não merecem uma versão melhor do que aquilo! E por falar em hino nacional, eu tinha uma amiga chamada Elvira do Ipiranga! Juro!

Aí passou um tempo, a Vanusa foi cantar em Manaus e ESQUECEU a letra. De novo? Da única música que ela canta há 45 anos?!

Conhece a nova versão Vanusa para "Manhãs de Setembro"? "Eu quero sair, eu quero cantar, eu quero Rivotril até o mundo acabar." Rarará!

E o povo do Twitter zoando: a Vanusa ia fazer plástica, mas esqueceu. A Vanusa ganhou o Grammy Latino, mas esqueceu.

Ah, a Vanusa mandou um recado pra vocês, MAS EU ESQUECI. Rarará!

GEISY DA UNIBAN

Como se deu bem a Geisy Arruda! Aquela menina que quase foi apedrejada, estripada e espancada pelos universitários da UNIBAN por estar vestindo uma microssaia. Socuerro! Esses UNIVERSOTÁRIOS sofrem das faculdades mentais!

A UNIBAN vai mudar de nome pra UNIBURKA! Agora as alunas têm três opções de modelo: burca, xador e saco de lixo! Minissaia de novela da Globo, nem pensar! Aliás, sabe como se chamam aquelas minissaias da novela da Globo? Abajur de perereca! Rarará!

> **Pero Vaz de Caminha escreveu uma carta para o Rei de Portugal pedindo emprego. Então ele foi fundador do PMDB!**

E tem uma placa na entrada da UNIBAN: "Aviso às estudantes. Favor pegar o cinto de castidade na portaria."

Enquanto isso, pau na UNIBAN... A UNIBAN virou TALEBAN! Alguns alunos da UNIBAN foram na TV para se defender... Um deles disse: "Estão DEFAMANDO a universidade." E outro: "Querem DEGRENIR a universidade." Rarará!

Dizem que a UNIBAN está em penúltimo lugar no ranking de universidades. Mentira! Estão DEFAMANDO e DEGRENINDO a universidade.

Fora, Uniban! Pela descriminalização das gostosas! O PGN, meu Partido da Genitália Nacional, vai criar uma faculdade para as rejeitadas da UNIBAN: UNIBUNDAS. Não tem matrícula nem mensalidade. Rarará!

E a frase que correu na internet sobre a Geisy, que fez um monte de plástica? "Ela reformou o corpo, mas a cara ainda tá em processo de licitação!"

Depois, a Geisy participou do surreality show *A fazenda*. Sabe o que ela disse lá? "Preciso de um PERSONAL TRAILER." Rarará! E falou que posou pelada pra *Sexy* em Punta del Este, no PARAGUAI! É mole?

E eu só queria fazer uma pergunta pra ela: Geisy, quando você vai lavar aquele vestido?! Acho que, se lavar, encolhe. Ou seja, desaparece. Rarará!

SILVIO SANTOS

Todos para o abrigo! Salve-se quem puder! APOCALYPSE NOW!

O Silvio Santos tá quebrado! O Banco PanAmericano do Silvio estava devendo R$ 2,5 bilhões! Dizem que ele maquiava o balanço do banco com produtos Jequiti. Só podia dar nisso! Rarará!

E parece que ele vai pedir ajuda aos universitários. E vai dar como garantia o SBT e o Baú. E o Jassa, a menina Maisa e o Bozo. E se ele não pagar, o governo fica com o Celso Portiolli. Rarará!

E um leitor me disse que pra salvar o SBT o Silvio Santos devia lançar o "TELETOMBO"! Para provar que dinheiro não traz felicidade, olha o slogan: "SBT, A TV MAIS FELIZ DO BRASIL!" Rarará!

> **Em Barretos tem uma avícola chamada Aves e Ovos Alves.**

Agora, juntando o Silvio, o Carlos Alberto de Nóbrega e o Moacyr Franco, eles têm 2,5 bilhões! DE ANOS! Rarará!

"Cerebridades" 69

Mas claro que o Silvio ia quebrar. Uma hora o dinheiro acaba. De tanto ele gritar: "Quem quer dinheiro? Quem quer dinheiro?" "EU! EU!", grita agora o Silvio Santos.

E já resolvi: hoje eu vou comprar uma Tele Sena pra ajudar o Silvio Santos! Ele vai pagar tudo com aviãozinho de dinheiro! Pega aquelas notas de R$ 50 e vuuum! Direto pro Banco Central! E pra compensar a falta de fundos: as popozudas do "Roda a Roda Jequiti"!

Hoje a rua das bugigangas de São Paulo, a 25 de março, grita: "Silvio Santos vem aí!" Rarará!

Como se o Silvio já não tivesse problemas suficientes no SBT... Deve ser dose aguentar aquela menina Maisa! A pentelha de peruca macarrão parafuso!

E o porta-voz do papa? Federico Lombardi. Bem que eu desconfiava... O verdadeiro papa é o Silvio Santos! Rarará!

Eu só tenho um senão com o Silvio: ele insiste em combinar a cor do cinto com a cor do cabelo!

O SILVIO SANTOS NÃO EXISTE, É FICÇÃO!

MADONNA

E a Madonna? Virou bambu. Já é brasileira!

Ela que se cuide. No Brasil é assim: quando começa a vir muito, o povo diz: "Lá vem aquela chata da Madonna." "Ela tem celulite." "Disfarça que a chata da Madonna tá chegando."

Madonna tá tão arroz de festa que um amigo encontrou com ela na fila do pãozinho. Do CompreBem de Itaquera. Rarará!

O que a gente mais ouve é que a Madonna está no Brasil. DE NUEVO? E as trepidantes manchetes: "Madonna desembarca." "Madonna deixa o hotel." "Madonna janta com Jesus." O quê? Madonna janta com Jesus? Fomos enganados por 2.000 anos. Aquela não era a Última Ceia! Rarará!

> **O que sai se você espremer o Papa? Um SUMO PONTÍFICE!**

Essa história com o Jesus Luz foi demais. O nome do cara é JESUS PINTO DA LUZ. Então a Madonna tava namorando uma lanterna! Rarará! Jesus Luz, em inglês, fica Jesus Light! Até nisso a Madonna é light!

"Cerebridades"

Ela pode ter ruga, mas não tem um grama de gordura no corpo! Ueba!

O Jesus, claro, não se fez de rogado, aproveitou a fama. Vinha pro Brasil e chegava com um esquema de segurança igual ao da Madonna! Se o Jesus original tivesse tido essa proteção toda, o rumo da história teria sido outro. Estaria vivo até hoje!

Fizeram até boneco do Jesus Luz. Com aquela camiseta "Jesus te ama"! Sim, Jesus me ama, mas eu prefiro a Madonna. Jesus me ama, mas eu prefiro a Mulher Melancia! Rarará!

E agora a Madonna não dá mais escândalo! Escândalo cansa. Ela já deu o suficiente. Rarará!

Aliás, não tem mais escândalos dignos do mundo do rock. Agora a manchete é essa: "Madonna toma overdose de mingau e se atira de camisola na piscina do Copa." É mole?

Aí a Madonna comportada foi pra África adotar uma menina. E adivinha o nome do escrivão que negou a adoção? KEN MANDA! Ken Manda vir pra África. Ken Manda somos nós. Ken Manda ser a Madonna!

Ken Manda, e a fila anda... Um amigo meu quer ser adotado pela Madonna. Para mamar até os 18! Mamãe, eu também quero mamar!

NOVELAS

Eu matei a Odete Roitman!

Muita gente reclama que novela hoje em dia tem muita cena de sexo. Então eu não tenho sorte. Toda vez que ligo na novela, eles estão falando no celular!

Mas realmente tem muita cena de cama mesmo. Os atores globais estão INTERTREPANDO muito bem. Rarará! Tão dando um show de intertrepação!

E sempre tem uns chatos moralistas que reclamam que novela dá mau exemplo às famílias. Pois eu acho o contrário: as famílias é que dão mau exemplo às novelas! Rarará!

Eu gostava de novela no tempo da Janete Clair. A novela não estava agradando, então ela inventou um furacão e matou o elenco todo!

> **Uma amiga foi tomar passe numa benzedeira. Adivinha o nome da benzedeira? DONA ZICA!**

E aquela novela *A moça que veio de longe*? Para provar que a moça tinha vindo de longe meeesmo, ela perguntou: "Pizza? O que é pizza?" Rarará!

E novela mexicana? Novela mexicana é bom porque ninguém constrange ninguém: todos trabalham mal.

O Silvio Santos lançou uma novela mexicana chamada *Pícara sonhadora*. Pícara, o que é isso? Eu só conheço pícara voadora. Sonhadora deve ser a do Silvio Santos!

Eu prefiro novela a teatro, porque não aguento aquele monte de gente viva interpretando... Rarará!

"Cerebridades"

O que eu adoro mesmo é novela da Glória Perez. Ops, Locória Perez! Ela é muito sem noção. Por isso que o Brasil adora!

Ela carnavalizou o Islã. E depois carnavalizou a Índia! A Índia da Globo parecia um carro alegórico! Lavaram a Índia com xampu! Na Globíndia tem até calçadão, e a vaca não faz cocô! Promoção: visite a Globíndia e ganhe um beijo de língua de um *dalit*! Rarará!

O poder da novela:

1) A Globo colocou a Índia no horário nobre, e o neto de dois anos de uma amiga minha entrou na sala falando "Are Baba! Are Baba!". Ele falava três palavras: mamãe, papai e are baba. "Are Baba" quer dizer "Ai, Caraio!". Rarará!

2) Eu vi uma menina no interior do Maranhão vestida de indiana, com uma pinta vermelha no meio da testa.

3) Na época da novela *O clone*, uma amiga estava voltando de Porto Alegre com o filho, o avião sobrevoando a periferia de São Paulo, quando o menino gritou: "Mamãe, olha o Marrocos."

4) Sempre foi assim: a globalização é o poder da Globo. Nos anos 1970, uns amigos estavam visitando a Rússia, e os habitantes de uma pequena aldeia russa estavam fazendo uma vaquinha. Pra libertar a escrava Isaura. Rarará! É verdade!

> Brasília é a cidade que mais aparece na televisão! "Você conhece Brasília?" "Conheço, pela televisão." "E onde fica Brasília?" "No *Jornal Nacional*."

E o Manoel Carlos? O Manoel Carlos é um Nelson Rodrigues diet, light e sem colesterol! Novela com ar-condicionado só se passa no Leblon! A mais famosa: *Viver a Vida*! Mas deveria se chamar CHIFRAR A VIDA! Só tinha adultério. Todo mundo traindo todo mundo. Esporte predileto: chifrar. O elenco levou mais chifre que pano de toureiro!

E aqueles famosos e emocionantes depoimentos de desgraça e superação no final de cada capítulo? Tipo: "Minha mulher morreu afogada na noite de Natal, mas aprendi com o sofrimento e hoje já superei: casei com outra vinte anos mais nova." Rarará!

"Eu nasci corintiano, vou morrer sem ver meu time vencer a Libertadores, mas hoje já superei: virei são-paulino." Rarará!

As novelas estão ficando muito iguais. Parece que requentaram todas as anteriores e jogaram no ar. Marmita dramática!

Qual é a vilã mais famosa do Brasil? Odete Roitman! Eu encontrei com a Odete Roitman no supermercado. Ela chegou perto de mim e disse: "Você continua mauzinho, eu te odeio." Que decepção! Eu pensei que a Odete Roitman me amasse. Isso é um *upgrade* no currículo: a Odete Roitman me odeia! Rarará!

Adorei o elenco de *Duas caras*: Antonio Fagundes, Betty Faria, Susana Vieira, Marília Pêra e Marília Gabriela. *Malhação* da terceira idade!

Por falar em terceira idade, a Vera Fischer é a coroa que toda franguinha gostaria de ser!

E a Claudia Raia? AMO! Grande cômica. Não é comediante, é cômica! Um amigo meu disse que ela parece uma salsicha ventríloqua!

Já a Deborah Secco foi introdutora daquela minissaia tão curta, mas tão curta, que ficou conhecida como abajur de perereca! Outro amigo meu me disse que ela trabalha mal até em foto! Rarará!

Se novela é contra as drogas, como é que deixam o Murilo Benício em papel duplo? Em *América* ele só conseguiu encarnar o personagem quando entrou em coma! Rarará!

E a Betty Faria fala com ovo na boca! Parecendo o pai da Tieta gritando TOOOONHA com dois ouriços na goela!

> Perguntaram pra um menino na escola: "Você sabe quem é Tiradentes?" "Sei, é um feriado." Isso mesmo. É a melhor definição de Tiradentes!

E toda novela tem essa história: a polêmica do beijo gay. Eu conheço beijo técnico, beijo de língua, beijo grego, mas beijo gay é uma expressão ridícula. Todo fim de novela é assim: os casais dão aquele beijo de desentupir pia, chupão, mas, quando é beijo de gay ou lésbica, é selinho. Pra não ter sexo. Olha, eles são gays, mas são limpinhos, eles não trepam. É como os patos da Disney: não têm sexo, da barriga passa direto pras pernas. Rarará!

Alinne Moraes. Deslumbrante! Com aquela bocona polêmica. Uns acham que parece bico de chuteira Conga. E quando ela passa batom vermelho? Parece que ela comeu um cachorro-quente e esqueceu de engolir a salsicha. Ela não é linda, não. É translumbrante! E fez o papel da paraplégica mais bem-resolvida do Universo: deu um pé na bunda do namorado! Rarará!

E a Susana Vieira só entra em cena como um furacão. Parecendo porta-estandarte de escola de samba! E quando ela apareceu com aquela peruca de palha de milho? Disseram que era baseado na Donatella Versace. Mas estava mais pra Mortadela Versace. Parecia a Mãe Loura do Funk. Ou o Gandalf, de *O senhor dos anéis*.

E a Renata Sorrah conseguiu fazer uma coisa inédita em toda a história da teledramaturgia brasileira: uma vilã cômica, a Nazaré! Em *Senhora do destino*. Só um detalhe nessa novela: Susana Vieira apareceu morena fazendo papel de nordestina. Sendo que agora toda nordestina é loira! Pergunta pra Claudia Leitte! Rarará!

ZÉ MAYER

Ninguém come mais na história das novelas da Globo que o Zé Mayer. O Zé Mayer é o verdadeiro Pai Herói! O Comedor! O Fodão da Gávea, do Leblon, de Ipanema, da China e da Conchinchina!

Toda novela ele já entra derrubando todas. Eu vou escrever a biografia do Zé Mayer, o comedor! Vai se chamar *Ou vai ou Viagra*. Rarará!

Na casa do Zé Mayer nem o azeite é virgem! E o Zé Mayer deu palestra pra um auditório lotado e espirrou. Foram registrados 42 orgasmos. O Zé Mayer pra dormir não conta carneirinhos, conta Helenas. E Deus disse: "Faça-se a luz!" E o Zé Mayer gritou: "Deixa isso desligado que eu tô transando." Rarará!

> **Direto do Guarujá: "Polícia apreende 20kg de cocaína no bairro de POUCA FARINHA." Mas o nome do bairro foi antes ou depois da apreensão?**

Eu vou fazer a biografia do Zé Mayer: OU VAI OU VIAGRA!

Quando Zé Mayer nasceu, quem levou tapa na bunda foram as enfermeiras. O Dia dos Pais, na verdade, é aniversário do Zé Mayer. E o *Criança esperança* é só uma forma desesperada que a Globo encontrou para alimentar os filhos dele.

E aí o homem falou pra esposa: "O Zé Mayer disse que transou com todas as mulheres do prédio, menos uma." E a mulher: "Então deve ser a nojentinha do sexto andar." Rarará!

E tem uma amiga que vai mudar o nome pra Helena. Pra ver se o Zé Mayer se anima!

Só falta transar com o Coisa Ruim. Rarará! O Manoel Carlos tem de ser coerente: na próxima novela, o Zé Mayer vai ter de comer o Coisa Ruim! Ô coisa ruim pra desejar pros outros.

E sabe por que a novela tem intervalo? Pra esfriar o pingolim do Zé Mayer!

Olha a traseira de um caminhão: "Deus é fiel, eu é que sou sem-vergonha!"

Sabe por que o Zé Mayer se dá tão bem? Porque, na novela, o esporte preferido do brasileiro não é o futebol: é o chifre. Tourada! Todo mundo traindo todo mundo! O elenco tá levando mais chifre que pano de toureiro. Todos têm que andar em carro de teto solar. Teto solar no PROJAC!

Ah, antes que eu me esqueça: eu também sou filho do Zé Mayer! Rarará!

REALITY SHOWS

TRASH! BAGAÇA! HILÁRIO! São os reality shows da TV brasileira. Quer dizer, SURREALITY SHOWS!

Reality show é um monte de gente sem nada pra fazer vendo um monte de gente fazendo nada!

VOU FAZER XIXI NO PAREDÃO!

Sabe por que os BBBs usam o cérebro? Pra virar cerebridades. Cerebridades instantâneas! A próxima geração vai nascer falando "OI, BIAL!".

Três frases indispensáveis pra participar do BBB: "Oi, Bial." "Ela é super minha amiga, mas vai pro paredão." E: "UHUUU!" Gritar UHUUU é difícil, mas essencial. Rarará!

O BBB é o retrato do Brasil: nunca temos em quem votar!

Toda vez que começa o BBB, uma amiga grita: "Corre que abriram o açougue." Tríceps, bíceps, um pedaço de peito e duas bundas! Rarará!

Receita para fazer um BBB: quatro rinocerontes de sunga, cinco piriguetes bundudas e quatro bichos exóticos (gay ou sapata ou coroa ou pobre). Passa tudo numa máquina de moer cana. O que sobra vai pro ar: a bagaça. A bagaça da bagaça da bagaça. Big Bagaça Brasil! A nata do fundo da xícara!

Uma amiga minha assiste ao BBB por higiene mental. E outra chama o BBB de deserto mental!

E o nome da lutadora peruana de boxe feminino? Kina MALPARTIDA!

EX-BBBS! Cuidado! Todos para o abrigo! O Brasil está povoado de ex-BBBS! Eles se proliferam mais rápido que os gremlins! Eu adorei a declaração daquela ex-BBB: "A virgindade está na cabeça, não no imã." ÍMÃ? E o hímen ela bota na porta da geladeira? Rarará!

E a ex-BBB Grazi: "O BBB é bom para o autoconhecimento de si mesmo." O que demonstra que ela tem um alto conhecimento. Rarará! E a ex-BBB Priscila posou para a *Playboy* com um *piercing* íntimo. *Piercing* na perereca é PIERCEGUIDA!

E essa: "Susana Vieira vai ao cinema com o ex-BBB Serginho." Por isso que o mundo vai acabar. Aliás, o mundo tem que acabar!

O Boninho devia fazer um BBB de sogras. 1) Cada um paga R$ 10 pra inscrever a sogra. 2) As sogras têm que permanecer na casa por 45 anos. 3) Nenhuma sogra poderá ser eliminada!

Já as gostosas têm que ser eliminadas logo. Pra *Playboy* sair mais cedo!

Saudades do Bial! Daqueles textos chineses de cabeça pra baixo! Daquelas pizzas embaixo do sovaco! E daquele cumprimento em que ele abaixa, cruza os pezinhos e abre os braços. Tá cumprimentando a rainha? Eu quero eliminar o Bial! Rarará!

O Bial é um herói, viu! Mas tá delirando muito. Vou dar um tiro de calmante nele. Aquele que bota elefante pra dormir no

Discovery Channel! O Bial é aquele que escreveu a BIALgrafia do doutor Marinho!

Reality show é ficar trancado no elevador com a Heloísa Helena!

E as provas? "Escrevam uma palavra inteligente num cartaz." E aí, um deles levantou a placa: "CÉLEBRO". E outro: "FORA ÇARNEY". Rarará!

> Já viram uma pessoa com colesterol fazendo supermercado?
> Gosto, mas não posso, gosto, mas não posso e POSSO, MAS NÃO GOSTO!

E a dúvida em saber se uma participante era sapata ou não? Eu também não sei, só sei que ela gritou "Viva Cássia Eller!". Rarará!

E o Boninho quis criar um BBB sobre diversidade sexual e ganhou um homofóbico! Com cara de motim de presídio: o Dourado! O Troglodita das Cavernas! O Godzilla Humanofóbico! Você acredita num homofóbico chamado Dourado? Eu pedi pro Boninho trocar o Homofóbico Dourado pelo Freddie Mercury Prateado!

E quando ganhou o Jean Wyllys? Um gay ganhar o BBB não é inédito. O inédito é que ele era professor. Rarará!

Mas câmera de segurança interna de prédio é muito mais animada que o BBB. Rola de tudo: o porteiro xavecando a empregada, o vigia enfiando o dedo no nariz e o entregador de pizza encoxando a vizinha!

Me internem! Me botem numa clínica. Rehab! Tô viciado em paredão! Antes eu desprezava quem assistia ao Big Bródi. Hoje assisto e VOTO! "A Rede Globo e a Telefônica agradecem a sua ligação." Eu acho que eles botam essa gravação pro seu voto ficar mais humilhante: pra você ter consciência que tá dando dinheiro pra Globo e pra Telefônica. Pior é quando recebo a conta, e a prova do crime está lá: Big Brother, Big Brother, cem vezes! Tudo documentado. Contra mim. Rarará!

E o Big Brother dos pobres? A Fazenda! Um programa CULTURRAL! Elenco *trash*. Parece aquele filme *Matadores de vampiras lésbicas*!

> "Chão desaba em reunião dos Vigilantes do Peso." Na Suécia! "Pensávamos que era terremoto." Tudo agora é terremoto e desabamento. Se você comer uma batata *chips* e ela fizer CRECK, todo mundo sai correndo. 2012 em ação!

Eu sei o que eles plantam naquela Fazenda. Pelanca. Se eu fosse o Sergio Mallandro, nunca mais tiraria a camisa. E se eu fosse a Monique Evans, nunca mais iria à praia.

E a cena mais bizarra de todos os tempos: o Viola passando bronzeador na bunda da Mulher Melancia!

TWITTER

E o Twitter, macacada?

É a revolução na comunicação! Eu acho o Twitter sensacional. Mas pra mim é difícil ter Twitter. Sou paranoico pra ter um monte de gente me seguindo! Eu tenho uma amiga que, quando atingiu 5 mil seguidores, se trancou na cozinha. De medo! Rarará!

Twitter é fácil e rápido. Só pode usar 140 caracteres. Como disse o Saramago: "Depois desses 140 caracteres vamos nos comunicar por grunhidos." Eu adoraria ficar grunhindo com a Ana Maria Braga! Rarará!

A língua portuguesa deve ter um milhão de vidas. Porque ela é assassinada a toda hora no Twitter!

O jeito é o Twitter lançar um novo tipo de serviço: Personal Twitter. Só para CEREBRIDADES. Professor de português pra revisar o Twitter. Para ensinar o twico e o tweco a twittar! Eu acho que vou chamar o Tiririca pra alfabetizar o povo do Twitter!

Sabe como se chama o biólogo que monitora os ovos da larva da dengue? OVANDO! Doutor Ovando Provatti!

A Xuxa disse que a Xaxa escreve errado porque foi alfabetizada em inglês. Pelo Joel Santana!

E a Xuxa querendo processar o Twitter? Esse pessoal da Globo vive num mundo tão à parte que tem dificuldades de entender o mundo real! Rarará!

O mundo, aliás, não é mais o mesmo depois do Twitter. Mudou tudo. Agora tem até debate de políticos on-line. Cada um na sua casa. Twittando!

Pra falar a verdade, eu até prefiro assim: em casa é mais fácil de debater uma! Rarará!

> **A família da Dilma é da Bulgária! Só que a Dilma não é búlgara, a Dilma é pitbúllgara.**

E só pode falar como no Twitter: em 140 caracteres! O senhor vai falar sobre educação, segurança, saúde e habitação em 140 caracteres! Cada um dá um grunhido, e pronto!

E pode também fazer perguntas em 140 caracteres. Como diz um amigo meu: em 140 caracteres já dá pra mandar tomar na fresa da frisa da beirada do olho do fiofó! Rarará!

Mas o Twitter tem um lado ruim também. Depois que a Dilma ganhou no Nordeste, uns paulistas reacionários começaram a escrever: "Ajude SP, afogue um nordestino." Ridículo.

Eu não sou nordestino, mas tenho orgulho de ser nordestino! Eu sou paulista de nascimento, baiano de coração e são-paulino por falta de opção! E cearense, por esculhambação!

FUTEBOL

Brasileiro gosta de três coisas: real, bunda e bola.

Este é o trio elétrico do Brasil: real, bunda e bola!

E eu gosto de comentar futebol com a mesma linguagem chula da torcida. Senão seria comentarista de jogo de xadrez. Aliás, sabe como torcida de xadrez grita? "Pensa! Pensa!"

E piada de futebol é tudo clichê: corintiano é marginal e são-paulino é bambi! E ponto!

Futebol só tem graça quando o time adversário perde e você fica gozando da cara dos outros no estacionamento da empresa!

SUPERSTARS! SEMIDEUSES! Jogador brasileiro é o nosso passaporte.

Em Bangcoc, na Tailândia, falei pra um taxista: "Somos do Brasil." E o tailandês começou a gritar: "Donaldo! Donaldo! Donaldinho! DONALDINHO CHAMPION!"

E eu estava no aeroporto de Guillin, no interior da China, quando recebi o cartão de embarque. Com a cara do Kaká! E olhei em volta e só vi *outdoor* do Kaká. E display do Kaká em tamanho natural. Ele era garoto-propaganda de pastilha pra garganta. Fabricada no interior da China!

Futebol é o universo do Universo! Até na caverna do Bin Laden jogam futebol!

RONALDO

E a saga do Ronaldo no Corinthians, hein?

Começou tudo errado: pra ver a apresentação do Ronalducho no Parque São Jorge tinha de doar 1 kg de alimento. Assim o cara não ia emagrecer nunca mesmo! Mas falar do peso do Ronaldo é uma REDONDÂNCIA...

Fiquei sabendo o salário do Gornaldo no Timão. Três pau por noite. Rarará!

Ô, esculhambação! Os palmeirenses diziam que o Ronaldo pegou traveca pensando que era mulher, e foi jogar no Corinthians pensando que era time.

Só que aí o bicho desembestou a fazer gol. GOLNALDO! Os corintianos ficaram abusados. Uma corintiana me mandou a foto de um remédio pra são-paulino deprimido: OMEPRAMIM! Rarará!

Contra o Palmeiras, o Ronaldo quebrou até o alambrado. Parecia o Godzilla invadindo o planeta. Gol de alambrado! E, pela festa da mídia, o resultado foi esse: 1 x 1 pro Corinthians. Resultado do clássico Parmêra x Coríntia: 1 x 1 pro Corinthians! Rarará!

Depois ainda foi campeão... E o duro não é o Corinthians ser campeão. O duro é aguentar corintiano buzinando. Eu nem sabia que corintiano tinha carro! Salve o Corinthians. Salve-ME do Corinthians!

Depois disso o Gornaldo virou Gordômeno! O Shrek do Timão! E uma corintiana escreveu no MSN: "Eu amo o gordo!" E um outro corintiano escreveu: "CAMPEÃUM INVIQUIO!"

> **Sabe como os portugueses descobriram o pau-brasil? Levantando a tanga do índio!**

Até o Wolverine virou corintiano. O mundo virou corintiano. O encontro do Wolverine com o Ronaldo... Ele devia ter furado as bolas do Gornaldo com aquelas mãos de lâminas. Aliás, o Gornaldo já é chegado num mutante. O último tinha até pingolim. Rarará!

Mas aí o Coríntia perdeu a Libertadores... Rarará! Libertadores? Só no Playstation! Fica pro próximo século! Rarará! O CENTENADA DO TIMÃO! Rarará!

Centenário do Timão: O Ronalducho comeu o bolo inteiro. Ele já tá comendo o bolo do centenário há anos. E um palmeirense sacana falou que os presídios ficaram vazios no aniversário do Corinthians: era o INDULTO DO CENTENÁRIO!

Mesmo sem a Libertadores, o Ronaldo quase comemorou o centenário. Faltou só uma pizza pra completar cem quilos! É mole?

E sabe como o Corinthians vai pagar o novo estádio? Vendendo o Ronaldo. POR QUILO! Rarará.

E a Fiel diz que nada é maior que o Timão! Só o Twitter do Ronaldo, que tem 140 quilos! Rarará!

A frase do ano: "MEU SONHO ERA TER UM CORPO DE ATLETA. E, GRAÇAS AO RONALDO, AGORA EU TENHO!"

Por falar nisso, o Corinthians também tinha um sonho. Mas o Ronaldo comeu! Rarará!

ADRIANO IMPERADOR

Quem é o jogador mais barraqueiro do Brasil? Adriano Imperador! Exagera na dose!

> Em São Paulo tem a marmitaria Fino Sabor SELF SERVE-SE! Adorei o *self* serve-se! É a contribuição milionária de todos os erros!

Foi emendando uma festa na outra com a galera, uma mais louca que a outra. Numa delas, a namorada dele (também barraqueira) entrou de sola e quebrou quatro carros de jogadores. Sabem o nome dela? Joana MACHADO! Rarará! Podia ser Joana DESMANCHE também!

Aí passaram uns dias e ele amarrou a moça na árvore! É sério! Ele tava na balada, a namorada foi encher o saco, e ele amarrou a mulher na árvore. E aí ela ficou AMARRADONA! Rarará!

Que cara cordial! Que coisa civilizada! Eu acho que o Adriano devia dar um depoimento pra novela do feminista Manoel Carlos: "A gente tinha muita desavença, muita porrada, mas agora superamos: amarrei ela na árvore."

Depois o Imperador disse que não foi nada disso, que era tudo invenção. E mostrou uma camiseta por baixo do uniforme: "Que Deus perdoe as pessoas ruins." QUE ANDAM COMIGO.

E as outras versões da camisa? "Foi o cão que botô pá nóis bebê." "Procuram-se

Futebol 89

anões para festinhas." "Vendo Monza a álcool preto e branco, ano 89." E a mais procurada: "vou te amarrar na árvore."

Tava na cara que o Dunga emburrado não ia levar um cara tão divertido assim pra África do Sul...

Mas mesmo assim o Adriano acabou indo pra Copa. cabana. E convocado. pra depor. E fez um sinal com as mãos, do cv. Não era Comando Vermelho. Era Cerveja e Vermute! Apologia de cerveja e vermute!

Pior que o Imperador ia se dar bem lá com a Seleção. Olha o nome da empresa de segurança da seleção brasileira na África: piranhas security! O quê? Piranha tomando conta de time? Segura na Piranha!

> O senador João Durval, da Bahia, é acusado de nepotismo. Como se chama o chefe do gabinete? Marcos PARENTE!

Depois da Copa, ele voltou pra Europa. O Imperador foi pra Roma! Mas antes fez uma série de exigências: dois descansos por ano com duração de seis meses cada. Construção de uma laje no Coliseu pra baladas. E uma camisinha número dez, *extra large*. Básico.

Antes de ir embora, ele fez uma baita festa de despedida: contratou vinte travestis, quatro jumentos, sete anões albinos sanfoneiros e dez corcundas malabaristas fantasiados de pinguim. O baile funk foi em benefício da Casa do Baladeiro Aposentado!

E o Corinthians não quer perder peso: o Ronaldo se aposenta e eles contratam o Adriano.

Sabe o que são dois elefantes içados por um guindaste? O Ronaldo e o Adriano voltando da balada!

COPA DA ÁFRICA

Deu zebra na Copa da África! A Espanha ganhou... Mas ninguém tava nem aí. Disseram que os jogos da Copa da África foram feios. Quer saber o que é feio? O Tevez em câmera lenta, com a língua de fora. Aterrorizante!

A Copa foi divertida. Mas olha só quem levantou a galera: a Jabulani, as *vuvuzelas* e o Cristiano Ronaldo! Rarará!

Essa bola Jabulani foi uma loucura. A Jabulani é feita de couro de zebra, a Jabuzebra! Jabulani! Já pro gol!

Piada pronta: O Tevez falou que a Jabulani era feia! Rarará! Então tá.

Dois argentinos vieram pro Brasil e ficaram sem dinheiro. Um foi pra esquina e pendurou uma placa no pescoço: "Tô desempregado, tenho mulher e três filhos." Ganhou R$10. O outro pendurou: "Faltam R$5 pra eu voltar pra Argentina." Ganhou R$10 mil!

Dizem que, depois da Mulher Melancia, da Mulher Jaca e da Mulher Melão, apareceu a Mulher Jabulani: quando o marido acha que ela tá indo pro dentista, tá indo pro motel. E a namorada Jabulani: depois que você chuta, só faz merda! Rarará!

E a *vuvuzela*? A minha eu vendi. "Seminova, apenas cinco jogos de uso! Pouca baba!"

Todo mundo reclamou da *vuvuzela*. Menos o Maradona. O Maradona aprovou a vuvuzela. Pegou a *vuvuzela*, enfiou no nariz e fez de canudo! Rarará!

Maradona, a *vuvuzela* era pra soprar. Não pra cheirar! Por falar nisso, em São Paulo tem uma loja de aspirador de pó chamada Feirão do Maradona. É mole?

E aí inventaram de escrever uma frase nos ônibus das seleções. As Frases do Busão. Brasil: "De pensar, morreu um Dunga." Coreia do Norte: "Vamos bombar nesse mundial." Espanha: "Não vamos fazer feio. Convocamos a Penélope Cruz." Paraguai: "Copa do Mundo por apenas 1,99." Uruguai: "Gaúcho é a mãe, tchê." Grécia: "Me empresta 10 real pra pagar o pedágio." Rarará!

E a França? Ops, a FRANGA! O novo slogan da França: *Liberté*, *Égalité* e *Vancifudé*! A França fez papelão e voltou pra casa na primeira fase. Mas voltou pra Paris. Essa é a diferença!

As baguetes viraram brochetes! Lavaram a roupa suja na Copa! Haja sabão. Um jogador xingou o técnico de sujo. Francês já não toma banho e ainda é xingado de sujo? Pleonasmo! Rarará!

E a Itália? ZEBRA AL SUGO! Também dançou na primeira fase. Chegar de Armani e jogar de tênis Prada não deu certo! É como gritou uma amiga minha: "Eu não quero que a seleção da Itália volte pra casa, eu quero que os italianos voltem pra MINHA CASA!" Rarará!

E Portugal? Sabe por que Portugal voltou pra casa? Pro Cristiano Ronaldo se depilar!

> **Sabe o que Cristo falou pros apóstolos na Santa Ceia? "De sobremesa nós vamos ter quindim." E os apóstolos: "MAS NÃO ERA BRIGADEIRO?"**

O Cristiano Ronaldo é modelo. Devia jogar no Fashion Week! Gosta mesmo é de mostrar as pernas. É por isso que ele usa aquele short na testa! Rarará!

Sabe qual é o apelido do Cristiano Ronaldo em Portugal? Puto Maravilha. Puto é menino, em Portugal. É como diz uma amiga minha: "Eu quero comprar o passe do Cristiano Ronaldo pra ele bater um bolão aqui em casa!"

Pra ver jogo de Portugal eu precisei de manoel, ops, de manual. Sabe como é gol contra em Portugal? Autogol! E bicicleta? Jogada sobre duas rodas. E carrinho? Penalidade sobre quatro rodas. E sabe como se chama camiseta em Portugal? Camisola! Eu tô louco pra ver o Cristiano Ronaldo de camisola! Rarará!

E a mãe do Cristiano Ronaldo, que fez uma promessa para um dos jogos. Se Portugal ganhasse, ela raspava o bigode. Rarará!

Ainda bem que eu não fiz promessa nenhuma!

DUNGA

Eu avisei! Aliás, todo mundo avisou... O Dunga como técnico da seleção era uma *buemba*! Uma aberração, ops, uma ABURRAÇÃO! Rarará! Viramos laranjada!

O Dunga tomou Activia e fez uma cagada já na convocação! Ele aderiu à campanha antidrogas: "CRACK NEM PENSAR". Era esse o lema do Dunga!

Nem Pato nem Ganso. Deu burro! O Dunga não sabe nem escolher a cor da camisa, vai saber escolher os jogadores da seleção? Lista do Dunga: Doni, Elano, Gilberto Silva, Josué, Felipe Melo, Kleberson e Julio Batista. Todos reservas. Então a gente já devia ter imaginado: RESERVA a passagem de volta!

Aí sabe o que a Branca de Neve disse pro Dunga? "Depois dessa merda de seleção que você convocou, ainda quer beijinho? Vá pra PQP." Rarará!

Mas tudo bem, fomos pra África do Sul, aquela corrente pra frente. Começou a Copa. Só que a Seleção tava dormindo. Eles tomaram Lexotan? A Selexotan do Dunga!

O Dunga EMBURRADO não quis sexo na concentração. Então os jogadores se concentraram mais nas mãos do que nos pés. Handebol. Viciados em handebol! Parece que os jogadores brasileiros sem sexo na concentração já tavam comendo até perna de mesa.

Como diz um amigo meu: o Dunga tinha que voltar pra ficar limpando caixa-d'água de dengue. Rarará!

Mas ele resolveu desfilar sua elegância nos gramados sul-africanos. Lembram do casaco? Dunga Fashion Week! Paquita de Gola Rolê! Lindo porque era Herchcovitch, mas no Dunga ficou parecendo porteiro de hotel. Ou então mestre de cerimônias de cemitério! Bilheteiro de montanha-russa! Ou como disse um leitor: o Dunga com aquele casaco tava parecendo Napoleão depois que perdeu a guerra! Rarará!

E a polêmica com o jornalista da Globo? O Dunga fez PLIM PLIM nas calças! Xingou o jornalista da Grobo de cagão! Resumo do *telecatch* Dunga x Globo: o Dunga gongou a Fátima Bernardes! Só faltou o Dunga chamar a Fátima Bernardes de bruxa. E um amigo me contou que o coice mais temido de toda a África era o da girafa. Depois do Dunga! Rarará!

A graça acabou no jogo contra a Holanda, vulgo time da Van: Van der Wiel, Van Bommel e Van Persie. Tomamos um nabo e fomos pro aeroporto de VAN! A laranja mecânica trucidou o Brasil. Descobriram como se fala Dunga em holandês: VAN BORA! Rarará!

Aí o estábulo do Dunga caiu! Que raiva. Fiquei com vontade de enfiar uma *vuvuzela* no fiofó do Dunga!

> No Recife, sabe como se chama o ônibus que leva os funcionários pro trabalho? CATA CORNO!

No fiofó dele e no fiofó do Felipe Melo. O Felipe MELOU a Copa! O Felipe pisou na bola e no holandês! Felipe Melo na hora de transar não usa camisinha, usa caneleira!

E essa: "Pelo Twitter, Felipe Melo pede para não ser julgado: "Me ouçam antes." Aí o Felipe Melo te dá um telefone nas duas orelhas, e você fica surdo! Rarará!

Ainda tentaram achar outro culpado pelo fiasco... A BOLA! O que atrapalhou a seleção brasileira foi a bola. A tal da Jabulani!

"Felipe Melo reclama da bola." Errado. Essa seria a manchete certa: "Bola reclama de Felipe Melo!"

Sabe o que dá cruzamento de burro com zebra? O Dunga de pijama! Aliás, em homenagem ao Dunga, mudaram até o nome da cidade: JohannesBurro!

Pelo menos a África do Sul nunca mais será a mesma depois da passagem do Dunga. Agora, eles incluíram MULA SEM CABEÇA no safári. Com direito a atirar! Rarará!

KAKÁ

E o Kaká, hein? Cadê o exército do Senhor? Pra quem era o melhor do mundo, na Copa da África ele não fez nada. Aliás, em Copa nenhuma. Um kakareco! Antes eu dizia que Seleção sem o Kaká era um Kokô. Mas agora acho que seleção com o Kaká é uma Káka! Rarará!

Pra falar a verdade, o Kaká fez só uma coisa na Copa da África: foi expulso contra a Costa do Marfim! Choque total! E deu início a uma das coisas mais legais do ano, a série Kaká Bad Boy.

O Kaká é tão *bad boy* que comprou um CD gospel pirata. O Kaká foi pro vestiário e mostrou a língua pra todo mundo. O Kaká abriu o olho escondido na oração da igreja. E quando criança, ele roubou dois brigadeiros antes de cantar parabéns. Crime hediondo. E olhou para as pernas duma mulher na rua! Cartão vermelho! Rarará!

E eu já disse que, se o Kaká fosse *bad boy* mesmo, ele daria um carrinho na bispa Sônia. Rarará! E posso fazer uma pergunta? Por que a bispa Sônia não cura o joelho do Kaká?

Bem que eles tentam... Eu li a notícia: "Bispos da Renascer pedem oração para salvar Kaká." Então vamos orar, todo mundo junto: ABANDONA ESSA JABULANI QUE NÃO LHE PERTENCE!

Futebol 97

Mas o Kaká nunca vai ficar 100%. Porque 10% sempre vai pra bispa Sônia. No máximo, o Kaká vai ficar 90%!

E o slogan dos ricos de Davos na Suíça: DAVOS OU DESCE-VOS!

E eu vi o vídeo da bispa Sônia pregando com a mulher do Kaká. Agora é o Kaká e a Kakasta! E sabe o que elas falaram? Que vão pisar na cabeça do diabo. Medo! Do diabo e delas. Rarará!

E o Kaká, o marido da Kakasta, disse que tava com saudades da bispa Sônia. Quem, em sã consciência, tem saudades da bispa Sônia? EU! Eu tenho saudades da bispa Sônia gritando naquela língua louca que ela inventou: "Burrundum, aktabar, ahrungam!" Rarará!

Parece que o Kaká deu US$ 2 milhões pra Igreja Renascer. Olha, por US$ 2 milhões eu traria Jesus de volta pra Terra e ainda elegeria o Kaká como papa. Rarará! E a mulher do Kaká vai abrir uma igreja em Madri. E vai gritar como? DEUS ES FIDEL? Rarará! Sucesso em Cuba!

Eu sempre digo que eu também quero Renascer. Mais rico que o Kaká e a bispa Sônia juntos. É mole? É mole, mas sobe! Ou, como disse o outro: é mole, mas trisca pra ver o que acontece!

MARADONA

UFA! Ainda bem que a Argentina não ganhou a Copa da África!

Seria uma tragédia em dose dupla. Ver os *hermanos* campeões e o Maradona, digo MALAdona, peladão no Obelisco...

Mas Deus é brasileiro. E graças à AAAAARGHentina ficamos tristes por apenas 24 horas! De novo! Rarará! A Argentina foi nosso prêmio de consolação! Levou de quatro da Alemanha! Aí bombou a frase: "Errar é humano, cair de quatro é *hermano*!" Rarará!

E o Maradona não precisou ficar pelado no Obelisco. Ele SENTOU na ponta do Obelisco! Nem precisamos ver o palitinho do Maradona!

E o Messi, com aquele cabelinho de galã de quermesse, ops, QUERMESSI? Tanta pose pra nada. ArreMESSI no rio da Prata! Rarará!

Diz que a loira pegou doença de Chagas, e o médico disse: "A senhora foi chupada por um barbeiro." "Desgraçado, ele me jurou que era gerente do Banco do Brasil!"

Mas vou dizer, a Nojentina deu o que falar na África. A cada vitória da AAAAARGHentina era um suplício aguentar o Maradona. Argentino é tão convencido, mas tão convencido, que, quando cai um raio, ele pensa que é FLASH!

O mala sem pescoço apareceu mais que a Jabulani. Foi quem mais recebeu apelido: Maladona, Peladona, Nelson Ned da Argentina, Panda com Artrose e Tattoo da Ilha da Fantasia. É mole?

O Maradona não devia ter sido técnico da seleção. Devia ser a bola! A gente já devia ter desconfiado do que ia acontecer com o time do Maradona: viraria pó! Todo jogo ele ficava na beira do campo gritando: a COCA DO MUNDO É NOSSA! Rarará!

E o Bilardo, diretor-técnico da Argentina, que prometeu fazer sexo com o autor do gol do título? Só podia dar 0 x 0! Quem ia querer enfiar uma bola na rede e duas no Bilardo? MARICOPA DO MUNDO! Só faltou a Argentina convocar o Ricky Martin!

Esses Los Hermanos... O Bilardo quis dar para jogador, e o Maradona prometeu ficar pelado se a seleção argentina fosse campeã da Copa. Mas o raciocínio dele tava certo. "Se o Dunga deixou o Ganso e o Pato de fora, por que eu não posso deixar o pinto?" Rarará!

Coitado do MALAdona. Durante a Copa levou salsichão da Alemanha, depois da Copa foi demitido, e antes tinha sido mordido por um cachorro e precisou até ser operado. Sério!

O Maradona se recuperou, mas o cachorro ficou esquisito: brigou com dois jornalistas, falou que era o melhor cachorro do mundo, foi se tratar em Cuba e ficou louco pra morder o Pelé. O cachorro ficou muito louco. Já imaginou o sangue do Maradona?

Aliás, sabe por que o Maradona foi mordido pelo cachorro? Porque era um cão farejador! E sabe por que o Maradona deixou o cachorro morder a cara dele? Pra ele ficar mais feio que o Tevez! Rarará!

Ô dó! Não chores por mim, Argentina, que tu tá na latrina! Rarará!

COPA 2014

Em 2014 não tem pra ninguém! A TAÇA É NOÇA! Cópula no Brasil!

Quer dizer, era 2010, mas o Lula botou os quatro dedos e virou 2014! Rarará!

> **Um cearense ganhou na Mega-Sena, chegou em casa animadérrimo e disse pra mulher: "Arruma tuas malas que eu ganhei na Mega-Sena!" "Boto roupa de inverno ou de verão?" "As duas, porque tu vai de vez."**

Já entramos com uma grande vantagem na Copa de 2014: não precisaremos voltar pra casa! Rarará!

Não faturamos a Copa de 2010, mas já estamos superfaturando a Copa de 2014!

A Cópula de 2014 no Brasil vai ser a alegria de muita gente. Flanelinha? Vai cobrar em euro. Cambista? Vai cobrar em dólar: *"Hi, boss. The ticket is over!"* Ueba!

E os lobistas e empreiteiros, então, nem precisa falar... "BNDES vai dar R$ 400 milhões para cada estádio da Copa." Então vai ser o La Robalhera! Na Argentina é La Bombonera. O Corinthians tem o La Pipoquera. O São Paulo tem o La Bambinera. E a Copa de 2014, o La Robalhera. Rarará!

E o nome da bola oficial para a Copa de 2014 aqui no Brasil? Que Jabulani que nada! Vai ser JABACULÊ!

A Fátima Bernardes vai transmitir o *Jornal Nacional* de biquíni, direto de Ipanema! E o Bonner de sungão, direto de Copacabana. E o Datena? O Datena a gente manda pro morro do Alemão! Brasil Urgente! E o Milton Neves, direto de Olinda. Ele parece um boneco de Olinda!

E o Galvão Urubueno? Guarda ele no formol até 2014. Aí tira uma semana antes!

> **Se eu ganhar na Mega-Sena, compro a Ilha de Caras, convido todos os malas da TV e cerco a ilha pra nunca mais encherem o saco.**

Eu já estou em plena campanha: "Copa 2014! Vamos pegar uma gringa!" Argentina não vale!

E já imaginou em 2014 o aviso aos turistas? Cuidado com o Rolex! O Rolex do Luciano Huck foi roubado há sete anos e continua foragido.

Mas o Brasil tá com tudo. Copa. Olimpíada. Agora só falta ter eleição do papa em Aparecida. Entrega do Oscar no Canecão. E pouso oficial de naves extraterrestres em Varginha. Rarará!

O Brasil já tá pronto pra 2014. Mas sabe por que deram essa Copa pro Brasil? Porque o mundo vai acabar em 2012. Rarará! Vai indo, que eu não vou!

NEYMAR

E a nova estrela, ou melhor, estrelinha do futebol brasileiro? Neymar, o menino prodígio do Santos, aquele do cabelo de vassoura de churrasqueira! Rarará! Ele é mala, mas joga bola. É a esperança da pátria de chuteiras para a Cópula de 2014!

> **Eu tenho uma amiga tão baixinha, mas tão baixinha que foi colocar o OB e tropeçou no barbante!**

Vocês sabem que o Neymar se chama Neymar porque é de Santos. Se fosse do Corinthians, seria Neymano. E, se fosse do São Paulo seria Ney Matogrosso. Rarará!

Com Neymar, Ganso e Robinho, o Santos tava dando show. Show dos Meninos da Vila. Uma chuva de gols: 8 x 0 pra lá, 11 x 0 pra cá. Dizem que o julgamento do casal Nardoni acabou em 7 x 0: três do Neymar, dois do Robinho, um do Ganso e um do Madson. É mole?

E a faixa etária dos Meninos da Vila? Tudo bezerro desmamado! Escolaridade: maternal incompleto! Se juntar todos, não dá a idade do Rogério Ceni, ops, Senil! Rarará!

E as comemorações dos meninos? Adorei! Sempre uma dancinha. O povo queria o Neymar e o Ganso na Seleção, mas o Dunga não levou pra África. Neymar e Ganso DANÇARAM! Eles e o Brasil inteiro!

Meu álbum da Copa eu completei com figurinha pirata. A página da seleção tinha 11 figurinhas do Neymar. Rarará!

Depois da Copa foi o Dunga que dançou. Aí sim o Neymar foi pra Seleção. Ele e metade dos Meninos da Vila. E começaram as piadinhas: o Santos é a base da seleção, e o São Paulo é o rímel. Rarará!

Só que o sucesso subiu à cabeça do Neymar... Ele brigou com o técnico do Santos, o Dorival, e soltou um monte de palavrão cabeludo pro técnico! E sabem o que aconteceu? O Santos demitiu o técnico! O Neymar é mais poderoso que o Chuck Norris! O Poderoso Chefinho!

> Um amigo meu foi se casar no cartório de Perdizes, e adivinha o nome da escrevente? Claudia CARRASCO!

E aí bombou no Twitter... "Neymar apontou pra Deus e disse: "Você é o cara!" "Neymar anuncia hoje a lista de convocados que Mano Menezes divulga amanhã." "O dono do Chelsea desistiu de comprar o Neymar. Ficou com medo de ser demitido por ele depois." Rarará!

Dizem que foi só o Neymar xingar o Dorival de veado pro São Paulo já querer contratar o técnico. Rarará! E que o Santos ia contratar a Supernanny! Rarará! É mole? É mole, mas dá de trivela pra ver o que acontece!

INTERNACIONAL

O Brasil no mundo!
Século 20: o Brasil queria entrar pro primeiro mundo.
Século 21: o primeiro mundo entrou para o Brasil.

PAPA

PAPAGAIADA!

O Sebento XVI condena aborto, eutanásia, camisinha, sexo fora do casamento, gay, rock, fio dental e cueca Calvin Klein. Ou seja, eu quero ser católico... Mas o papa não deixa!

E eu acho o seguinte: se o papa é contra a camisinha, ele que não use! Rarará! É a Dieta do Papa: ninguém come ninguém!

E o papa disse que temos que ser castos dentro e fora do casamento. Dentro, tudo bem, fora do casamento é que não tá dando pra ser casto. Rarará!

Esse Joseph Ranzinzer é um sacro! O rottweiler de Deus! O Pastor Alemão! Cuidado: papa antissocial! Voltamos pra Idade Média!

Sabe qual é a diferença entre transar com o papa e transar com o marido? Transar com o papa é pecado, e transar com o marido é milagre! Rarará!

Sabe por que o papa tá sempre gripado? Porque ele não sai da janela!

E o papamóvel? Parece uma carrocinha! Melhor, parece uma van de cachorro-quente! Daquelas que ficam em frente à balada. Salsicha com purê e maionese de milho e mais um suco por um real! E você ainda ganha um terço!

> **Polícia acha maconha dentro de sanduíche no interior de São Paulo. Qual é o nome da cidade? BAURU! Rarará! PM acha sanduíche de maconha em rua de Bauru!**

E adivinha quem vai ser o motorista do papamóvel? O Rubinho. Só assim ele fica pelo menos uma vez na frente de um alemão! E assim o papamóvel vai bem devagar, lentamente, pro povo apreciar o papa!

E como viaja o Sebento XVI... Quando veio pro Brasil, batizaram tudo. Principalmente a gasolina. O Brasil é um país tão católico que até a gasolina é batizada. E eu troquei meu tanque de gasolina por uma pia batismal!

Dizem que o papa foi visitar o lago da Galileia, resolveu dar uma volta de barco e perguntou o preço pro barqueiro: "Oitenta dólares." "O quê? Tá louco? Oitenta dólares?" "Mas esse é o lago onde Jesus andou sobre as águas." "Também, por esse preço!"

VATICANO URGENTE! Papa admite uso de camisinha em alguns casos: fazer balão em forma de animal, chiclete de bola, coqueteleira (encha de suco de uva e bote uma pedra de gelo) ou balão d'água. É mole? É mole, mas sobe!

Falando nisso, o papa também admite uso de camisinhas com prostitutas. Entendi: nem a Igreja aguenta mais tanto FDP! Rarará!

BISPO LUGO

Depois do bispo Fernando Lugo, o Paraguai precisava mudar de nome. Para PAIraguai!

Isso mesmo... Apareceram sei lá quantos filhos do presidente do Paraguai e ex-bispo, Fernando Lugo! O BISPO-PAPÃO! No Paraguai agora é assim: quem NÃO é filho do bispo levanta a mão! Rarará!

No Amazonas, quando tem filho de padre, dizem que é filho do boto. E, no Paraguai, é filho do bispo. Vai ser fértil assim lá no Paraguai! Seis filhos! Legítimos ou piratas? *"Made in Paraguai."* Bebê sem nota fiscal!

E lançaram no Paraguai o Disk-Lugo. Se você tem um filho com o Lugo, tecle um. Se tem duas filhas com o Lugo, tecle dois. Se você quer FAZER UM FILHO com o bispo Lugo, tecle três!

> **Traficantes invadem o morro dos Macacos. Até aí, normal. Piada pronta é o percurso: um grupo foi pela avenida MARTIN LUTHER KING e outro pela avenida DOM HELDER CÂMARA! Se encontram na praça MAHATMA GANDHI. E jornalista espanhol fica sob mira de fuzis na favela NELSON MANDELA!**

E se ele virar papa, vai ser o Papa Todas. Já tem um grupo musical que fez uma canção em homenagem a ele: *"Lugaucho tiene corazón, pero no usó el condón."* É mole? Claro que não!

Internacional

É que bispo não pode usar camisinha. Tem que obedecer ao papa! E padre, quando transa com menor de idade, não comete pedofilia, mas sim PADREFOLIA! E o bispo Lugo no começo da carreira eclesiástica não era seminarista, era INSEMINARISTA! Rarará!

LUGO MAU! Comeu até a vovozinha! Tá melhor que o Zé Mayer! Rarará!

O bispo Lugo é a mãe do ano. De tanto que produziu mãe e filho na América Latina. Vai até fazer convênio com as Casas Bahia! Haja presente!

Quando o Lula encontrou com o Lugo para conversar sobre Itaipu, quase nasceu uma criança barbada. É um perigo chegar perto do Lugo, o Bispo-Papão.

E pra que o Lugo quer mais energia? Pra ter mais filho. Para ter mais filho? Rarará! Se tem uma pessoa no mundo que não precisa de mais energia é o bispo paraguaio...

Eu até topo pagar mais pela energia se o PAIraguai devolver aquele monte de carro da gente! Tudo que dá luz pertence ao bispo Lugo do PAIraguai. Ele queria mesmo era botar uma placa em Itaipu: "aLUGO!" Ueba!

> Joel Santana foi demitido. Aliás, ele ainda nem sabe, porque foi demitido em inglês: *"You are fired!"* "O quê? Eu tô pegando fogo?" Por isso que foi demitido: "*Mais* happy days *que o jogo tá muito* morning." Mais rapidez que o jogo tá morno. "E agora que fui demitido eu já vou *windows*."

Mas não venham com a história de que tem populismo no Paraguai. Isso tá errado. Depois do Lugo, é PAUpulismo. Paupulismo de esquerda.

E sabe como se chama dar uma rapidinha no Paraguai? LUGO-LUGO!

Vou dar um lugo-lugo! E volto lugo!

MINEIROS DO CHILE

Socuerro! Me tira do buraco!
 Gente, nunca mais vou esquecer o resgate dos mineiros do Chile! Momento histórico! Emoção total! Eu fiquei até quatro da manhã vendo o resgate. Foi como a chegada do homem à Lua, só que ao contrário! Rarará!
 Fiquei exausto. De tanto ver tirar mineiro debaixo da terra! Tenho uma amiga que disse: "Toda vez que ouvia que tava subindo mais um mineiro, eu achava que ia ver o Itamar." Rarará!
 Só achei uma coisa estranha: os mineiros saíram todos arrumados, pulando, cabelo cortado, banho tomado. Parecia produção da Globo! Será que esse resgate não foi no PROJAC? Como disse um amigo: "Fico bem pior saindo do metrô às 18h!"
 E devia ter tido transmissão do Galvão Urubueno: "Vai que é sua Fênix 2! Éééé do Chiiiiiiileeeee!" É, amigo, o buraco é mais embaixo!
 E tava na cara que isso ia virar esculhambação... Disseram que a cápsula era o supositório da Mulher Melancia! E que o resgate teve o patrocínio do Viagra. A emoção de subir. Rarará!
 Eu adorei a cápsula! Mas já imaginou se tivesse que resgatar os políticos?
 A Dilma não caberia na cápsula. Aliás, o *cabelo* da Dilma não caberia na cápsula. Aquele cabelo: acabei de saltar de *bungee-jump*. UUUU! E o cabelo uuuuu!
 O Serra não caberia na cápsula. Porque ele ia levar o terço, o púlpito, a santa e a réplica do altar de Aparecida!

José Simão em: a esculhambação geral da República

E o Lula? A barriga do Lula não ia caber na cápsula. Aliás, aquela barriga não cabe em lugar nenhum. E em vez de três tubos de oxigênio, ia levar três tubos de 51!

DIRETO DO CENTRO DA TERRA! Manchete: "Líder conta que mineiros queriam abraçar a sonda." Claro, depois de 69 dias sem mulher, abraça qualquer coisa! "Oba, carne nova no pedaço!"

Aí depois que voltaram pra superfície foi uma paparicação só. Presente pra cá, viagem pra lá... É como disse um amigo: "Eu gostava quando os mineiros eram *underground*, agora estão muito famosos!"

Ah, pessoal, um aviso: se eu ficar preso dentro dum buraco, não quero ninguém me filmando na saída! Rarará!

HUGO CHÁVEZ

AMÉRICA LATRINA URGENTE! Eu adoro o Hugo Chávez. É mais engraçado que o Chaves! O Chapolin Colorado!

> **A última da Igreja Universal: Edir Macedo é o nosso pastor, e NADA NOS SOBRARÁ!**

Ele foi trieleito, tetraeleito, hexaeleito e vai ser até o leito da morte! Diz que o Chávez não ganhou a eleição, ganhou a escritura da Venezuela, que passou a se chamar Chavezuela! Ele vai transformar a Venezuela numa ilha, em homenagem a Cuba! Rarará!

Vocês já viram o Chávez discursando? *"Yankees de mierda, al carajo, mil veces al carajo!"* Gênio!

O Chávez tirou seis emissoras de TV do ar! MAS FOI SEM QUERER QUERENDO! Eu sei por que ele tirou as TVs do ar. Não queriam passar o *Chapolin*! Rarará!

Só vai sobrar a TV Chávez. TV Chávez apresenta *Chávez Rural, Chávez Esporte, Sítio do Chávez Amarelo* e *Vale a Pena Ver o Chávez de Novo*! Ah, e o *Big Chávez Brother*! Ou melhor: *Big Chávez Brother Yankees de Mierda*! Rarará!

E a emissora com que ele mais implica? RCTV! Retruque ao Chávez e Tente Viver. Rarará! Mas a RCTV sobreviveu na internet e tá passando a novela *La Trepadora*! É verdade. Eu tenho a foto! La Trepadora porque ela anda a cavalo. La Trepadora de Cavalos. Rarará!

O Chávez é um cavalo indomável. Quase começou uma guerra na América Latina, chamando o Equador e a Colômbia pro pau. Sabem qual era a tropa do Chávez? Seu Madruga, dona Florinda, Kiko e Chiquinha. Rarará!

Parece que ele queria invadir o Equador e mudar o nome da capital para Quico!

Aí foi pra televisão e disse: *"Ahora yo quiero la paz."* Ele quer La Paz, Quito, Bogotá e a escritura da Venezuela. Assim até eu!

> **Um amigo gaúcho tem um urologista chamado Giorgio RABOLINI! É o que eu digo: não é vocação, é predestinação!**

E a ONU enrolando para intervir no conflito. Foram saber o porquê: "Estamos esperando o PÓ baixar." Aí não rolou. Não existe pecado do lado de baixo do Equador, mas o que tem de pó e sequestro... Rarará!

O Chávez mudou até o calendário na Venezuela. No mundo todo, dia 6 de janeiro é Dia de Reis. Menos na Chavezuela. Ele proibiu comemorar os três Reis Magos. Porque se um rei só mandou ele calar a boca, três reis iam mandar ele à merda. Rarará!

Falando nisso, eu não gostei do rei Juan Carlos, da Espanha, mandando o Chávez calar a boca. Se o Chávez calar a boca, quem vai falar mal dos Estados Unidos? Se o Chávez calar a boca, quem vai falar bem do Fidel?

Aliás, o Fidel não é mais El Comandante. Agora o apelido dele é EL COMA ANDANTE! Rarará! Os legistas fizeram a autópsia no Fidel e mandaram avisar que ele está ótimo! Ufa! *Hay que endurecer,* ops, envelhecer sem perder *la ternura*!

OBAMA

Aqui em casa todo mundo samba, todo mundo bebe, TODO MUNDO OBAMA!

Um negro na presidência dos Estados Unidos. Eu não achava que ele chegaria lá. A única coisa que pensei que o Barack Obama poderia ganhar era a São Silvestre. Magrinho e queniano! Rarará!

Na época da eleição, ninguém acreditava. Tanto que rolou a piada: dizem que o Obama morreu, foi pro céu e anunciou pra São Pedro: "Sou Obama, o primeiro candidato negro eleito pelos Estados Unidos." E São Pedro: "O quê? Os Estados Unidos elegeram um presidente negro? Quando foi isso?" "HÁ MEIA HORA!"

E não é que ele ganhou e ficou vivinho da silva? O problema é que o Bush deixou pra ele uma bucha... Aí o Obama ganhou um novo apelido: OB. Tá no melhor lugar no pior momento!

O mundo estava à espera de milagres. O mundo ficou pensando que o Obama era pai de santo. Daqueles que colam cartaz em poste! Pai Obama. Pai Obama de Oxossi! Cura tosse, bronquite e recessão. Amansa corno, retira FGTS, encontra cachorro perdido e tira unha encravada e fimose. Pai Obama levanta até defunto! Dizem que Deus mandou Obama pra folgar no Carnaval!

Quais foram as medidas iniciais do Obama? Primeira: desativar a prisão de Guantánamo. Os torturadores ficaram de aviso prévio. Crise! Segunda: congelar altos salários do governo. Teve gente em Brasília assobiando pra cima...

A missão do Obama era transformar os americanos de "odiados e pobres" em "amados e ricos". De novo! E ele tentou, rodou o mundo em viagens de reconciliação. Foi pro Iraque, pro Afeganistão, não sei mais pra onde, em viagem de reconciliação. Aí voltou pros EUA e ligou pro Bush: "Com quem mais você brigou?"

Numa dessas, encontrou o Obrahma do Planalto... E rasgou seda para o Lulalelé. "O Lula é o cara!", disse o Obama. É. E aí um presidente pobre pediu dinheiro pro Obama. E sabe o que o Obama falou? "Pede pro barbudo! Ele é o cara!" Rarará! O cara que vai ajudar a pagar a conta!

O Lula paga a conta, e o Obama ganha o Nobel da Paz? É mole? É mole, mas sobe!

Delegado de entorpecentes de Campinas: *APOCALYPSE JOIA!*

Esse Nobel da Paz do Obama caiu como uma bomba. O Iraque comemorou com tiros pro alto. E quem derrubou de uma vez só o Bush e a Sarah Palin já merecia um Nobel! Assim que souberam da notícia, os americanos no Afeganistão avisaram as tropas. "Obama ganhou o Nobel da Paz? Vamos avisar as tropas!" Rarará!

Eu sei por que o Obama ganhou o Prêmio Nobel da Paz! Simplesmente porque os Estados Unidos não declararam guerra a ninguém. Já é lucro. O Bush declarava guerra contra qualquer país de nome complicado. "Undistão. Não entendi. BOMBA!"

E a crise pegou mesmo os Estados Unidos. Na Cúpula do G20 o Obama falou: *"We had Stevie Wonder, Bob Hope and Johnny Cash!"* Nós tínhamos Stevie Wonder, Bob Hope e Johnny Cash! *"And now we have no wonder, no hope and no cash."* Sem esperança e sem grana! Rarará!

Por isso, o que importa é adotar a versão brasileira do *"Yes, we can"*, o slogan do Obama... *"YES, WEEKEND!"* Esse eu vou adotar pra sempre! Fui!

GEORGE W. BUSH

E o Bush, hein? Esse foi tarde! O Bush já Elvis! Vade retro! O mundo inteiro sofreu mais do que devia nas mãos do Belzebush.

> Uma amiga minha levou o pai para um geriatra, e adivinha o nome do geriatra? José Carlos Aquino VELHO! Devia ser separado: AQUI NO VELHO!

A começar pelos Estados Unidos. A crise americana! A Queda das Bolsas Vuitton! Dow Jones virou DOWN Jones! Todo GALO TEM SEU DIA DE CANJA!

Aí, para conter a crise, o Bush tentou um pacote. E o Lula ligou pro Bush. Não é piada. O Lula perguntou pro Bush numa segunda-feira: "E quando esse pacote vai começar a fazer efeito?" O Lulalelé acha que pacote é que nem pinga, faz efeito na hora! E o Bush retornou cinco dias depois: "O efeito vem em duas semanas." Ele demorou cinco dias pra responder isso? Bom, cinco dias pro Bush até que foi rápido! Rarará!

E que língua eles falaram? Sei lá, nenhum dos dois fala inglês!

Aí correu o mundo a foto de um cachorro mijando numa propaganda do Bush! Para entender a crise econômica americana: o armário já tava caindo, e um espírito de porco foi lá e puxou o calço. BUUUUUUM!

Isto ninguém pode negar: a política do Bush é religiosa. "Todos os dias eu bombardeio um país, RELIGIOSAMENTE." Rarará!

Os iraquianos comeram o pão que o Belzebush amassou. E depois se vingaram com uma sapatada: um jornalista iraquiano jogou um sapato nele! E xingou de cachorro. Injustiça... Com os cachorros! Rarará!

O Bush desviou do sapato, mas não escapou do chulé. O que quase matou o Bush foi o chulé do iraquiano. Belzebush asfixiado pelo chulé do iraquiano! Viva!

Sabe o que eu jogaria no Bush? Inseticida. Inseticida de barata! Dizem que o Bush vai mandar bombardear todas as sapatarias do Iraque. E uma amiga minha disse que, se fosse uma sapatada da Simone, ele teria morrido.

Depois do Iraque, o Bush foi pro Afeganistão! Pra visitar terras que ele destruiu, não precisava ir tão longe, ficava nos Estados Unidos mesmo! Pior que é verdade!

Até aqui no Brasil o Belzebush veio encher o saco... Eu coloquei uma vassoura atrás da porta para ele ir embora mais rápido! Xô Belzebush!

Lula x Bush! Bafo de Bode x Chupa-cabra! Pauta do encontro dos dois presidentes: álcool. *The pinga is on the table!* Ele veio pra beber ou pra conversar? E sabe o que o Lula falou pro Belzebush? "Companheiro Bush, a vida é Drurys, mas dá muitas vodcas." E sabe o que o Bush respondeu? "Se pinga fosse fortificante, você seria um gigante." Rarará!

> **Tem um amigo que chegou da República Tcheca e viu um papel higiênico chamado Grand Finale. Mais direto, impossível!**

Olha só o Lula cumprimentando o Bush: "*How* bu iu bu, Bush?". E cumprimentando a mulher do Bush: "*How* bu iu bu, BUCHO?" Rarará!

O Bush pediu dicas pro Lula pra ganhar a eleição. Lula sugeriu duas: 1) Criar o BAG-FAMILY! 2) Ficar repetindo *"I don't know, I don't know, I don't know,* eu não sei." E adaptar o slogan do Lula: "Deixa o homem trabalhar." "Invade o Iraque, joga bomba no mundo, tortura em Guantánamo e enforca o Saddam. Deixa o homem trabalhar."

Sabe como foi o último diálogo do Bush e da Laura deixando a Casa Branca? "Laura, foi bom pra você?" "Pra mim foi, pro resto do mundo é que foi uma merda." Rarará!

E depois de tudo eu recebi uma foto do estado onde Bush nasceu: *"Connecticut welcomes you. Birthplace of George W. Bush. We apologize."* "Bem-vindos a Connecticut, local de nascimento de George Bush. DESCULPE-NOS." Desculpe-nos pelos transtornos.

NÃO tá desculpado. Rarará!

OS CLINTON

Que Kennedys, que nada... A melhor dinastia americana é a dos Clinton, ops, os Pinton!

O Bill Pinton é um fenômeno. No avião dele, o comandante anunciava: "Senhor presidente, favor apertar os cintos, fechar a mesinha e botar a estagiária na vertical." Rarará!

Ele é incontrolável. Monica Lewinsky, digo Chupinsky, que o diga. Aliás, sabe por que a Monica Chupinsky não processou o Clinton? Porque ela engoliu as provas. Rarará! O apelido dela era A CHUPETA MALDITA!

E dizem que o pingolim do Pinton é como fofoca: corre de boca em boca!

Aí a Hillary ligou para a dona Marisa: "O problema do Clinton é que ele pensa com o pinto." E a dona Marisa: "E o problema do Lula é que ele pensa com o cérebro." Rarará!

Depois que o Bill aprontou no Salão Oval, a mulher dele, a Hillary, a Hilária, a Marta dos gringos, resolveu aparecer. Primeiro quis sair candidata a presidente dos Estados Unidos. O slogan dela era "Tomou Cornil, o chifre sumiu!" Só que ela perdeu a indicação para o Obama. Ou seja, a Hillary não conseguiu chutar o pau do Barack! Rarará!

> **Tem um candidato a deputado no Uruguai que se chama Julio CALHORDA!**

Depois a Hilária virou pitbull do Obama, e não saiu mais da televisão! Brigou até com o ditador da Coreia do Norte, o Kim Jong, que é um cruzamento do Chico César com a

Marlene Mattos. *Telecatch* atômico: Kim Jongou a Bomba x Hillary Chifre Malcurado. Luta no gel!

Como bem definiu uma amiga minha: a Hillary é abelhuda!

E desde que virou pitbull, ela só fala uma palavra: sanção, sanção, sanção. Enquanto isso, o marido dela fica com as Dalilas. A Hillary fica com a sanção, e o Bill Pinton com a Dalila!

O que eu não entendia era por que a Hillary ficou assim tão brava, querendo atacar o mundo... Aí uma amiga minha me contou: chifre malcurado! Rarará! Ela quer destruir o mundo com um taco de beisebol!

Fica a lição: não podemos jamais menosprezar um CLINTÓRIS! Rarará!

AHMADINEJAD

Socuerro! Me mate um bode! Todos para o abrigo. Salve-se quem puder! O mundo já tem um novo pentelho bomba! O coisa-ruim! O impronunciável: Mahmoud Ahmadinejad!

Como é que o Lula vai conseguir falar esse nome? Ah, vai chamar de companheiro mamute! Eu tenho pena de âncora de telejornal. Todos treinando em frente ao espelho: "Ahmadinejad".

Dizem que no Irã não tem biba. Ah, tá bom, burca amiga?! Deve estar tudo embaixo do tapete! Ele devia se casar com o Bin Laden! Imagine o discurso: "O Holocausto é um mito, e a Terra é quadrada." Ele é o Bush do islã! Ele tem cara de tapado! QI de minhoca! Transfere para esse doido todas as piadas do Bush.

> Sabem o nome da psicóloga em São Paulo que tem uma autoescola para os que têm medo de dirigir? Cecilia **BELINA!**

Quando o Lula convidou ele pro Brasil, todo mundo botou a vassoura atrás da porta. Pra ele ir embora logo! Ô, visita inconveniente. Sabe aquelas que chegam na hora do almoço, e você tem que abrir mais uma lata de atum pra jogar no macarrão?

Mas vou divergir da maioria: o Lula tinha que receber o presidente do Irã, SIM! Negócios! Você acha que um vendedor de shopping vai deixar de vender televisão porque o cliente bate na mãe? "Ah, não vou vender essa televisão pro senhor, porque o senhor bate na sua mãe."

E o iraniano é tão pacífico que o nome começa com Arma! Ahmanucleardinejad.

E dizem que o presidente do Irã veio pro Brasil ver duas coisas: o jogo do Náutico e a *Playboy* da Fernanda Young. Rarará! Duas bombas nucleares!

E o Lula no Irã, com Mahmoud Ahmadinejad, Recep Tayyip Erdogan e Dmitri Medvedev. Um fala iraniano, outro fala turco, e outro, russo. Parece a Mostra Internacional de Cinema. Tem que ter legenda! Porque os Estados Unidos acham que todo urânio que não foi enriquecido por eles é ilícito?

E o Lula errou acertando: chamou o Irã de IRÂNIO! Rarará!

MICHAEL JACKSON

Eu adoro o Michael Jackson, o REI DO POP. Ainda não acredito que ele morreu. Aliás, morreu não, virou purpurina! Rarará! A Maica Jéssica virou purpurina!

As explicações foram as mais incríveis. Dizem que ele era viciado em Xanax. Xanax? Mas ele não era viciado em meninox? Parece que, antes de morrer, ele se confessou: "Padre, eu pequei." E o padre: "EU TAMBÉM!" Rarará!

E São Pedro levou o maior susto quando o Michael chegou. Ele esperava um senhor negro de 50 anos. E aí aparece o Jackson. Branco, infantil e dançando o *moonwalk*. E São Pedro disse: "O senhor não pode entrar porque cantou um menino de 9 anos." "Mas ele me disse que tinha 12!"

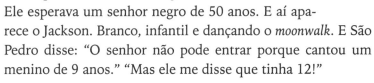

Olha esse folheto: "Cirurgia íntima. Chega de incômodo nas relações. Tire suas dúvidas com Lucia Pepino."

O Michael nunca foi pedófilo: ele achava que tinha a mesma idade dos meninos.

E sabe o que ele perguntou quando chegou no céu? "Cadê o menino Jesus?" "Ah, a Madonna já levou."

E diz que a única coisa preta que ele ainda tinha era o remédio: tarja preta.

Do que ele morreu? De tarja preta! Dizem que o pingolim dele era zebrado. Verdade. Quem me contou foi o Macaulay! Rarará!

Na verdade, era tudo boato. Só depois apareceu a verdadeira causa. Deu na autópsia: o Michael Jackson morreu engasgado com um pé de moleque!

Aí o povo ficou esperando o showneral do Rei do Pop. Eu achava que ele ia levantar e dançar "Thriller" com os zumbis. Mas acho que ele acordou os zumbis: Lionel Ritchie, Mariah Carey e La Toya! Rarará!

Foi um deus nos acuda, todo mundo querendo entrar. Então tiveram que fazer um sorteio. E aquele brasileiro de Santa Catarina que foi sorteado pro funeral? Cúmulo da sorte: sorteado entre milhões. Cúmulo do azar: não conseguiu visto!

Quando eu morrer eu quero um showneral igual ao do Michael Jackson. No estádio do Morumbi. Com show da Preta Gil, Ivete Sangalo, Roberto Carlos e Agnaldo Timóteo. Apresentação da Astrid! E o Kassab vai ter que fechar a 23 de Maio. É mole? É mole, mas sobe. Pra Terra do Nunca!

Editora responsável
Marcia Batista

Produção editorial
Ana Carla Sousa
Ângelo Lessa

Copidesque
Rosana A. Moraes

Revisão
Rodrigo Ferreira

Ilustração e diagramação
Leandro B. Liporage

Este livro foi impresso em agosto de 2011,
pela Ediouro Gráfica, para a Agir.
A fonte usada no miolo é IowanOldSt BT, corpo 10,5/14,5.
O papel do miolo é offset 75g/m², e o da capa é cartão 250g/m².